Quelques mots à vous dire…

Emilie Riger - Rosalie Lowie -
Dominique Van Cotthem - Frank Leduc

Quelques mots à vous dire…

Nouvelles

© Couverture : Erge (photo et conception).
Œuvre de Las Gatas Street Art

©2019, Emilie Riger, Rosalie Lowie, Dominique Van Cotthem, Frank Leduc

Edition : BoD – Books on Demand
12/14 rond-point des Champs Elysées, 75008 Paris
Impression : BoD – Books on Demande, Norderstedt, Allemagne
ISBN : 978 – 2 – 322 – 165 – 155
Dépôt légal : mars 2019

À Florence
… et à tous nos pingouins

Les passeurs de lumière

Emilie RIGER

Hébétée, Alice rentra chez elle en se concentrant sur chaque pas. Après tout, ce n'était pas si naturel que ça de lever une jambe dans le vide et de l'avancer pendant que l'on restait en équilibre sur l'autre. Cela devenait même sacrément compliqué à coordonner, surtout en escarpins et quand tout le corps aspirait à s'affaler sur lui-même comme un sac de linge sale. Ce qui était déjà plus cohérent, parce que son tailleur ne devait pas sentir la rose. Depuis qu'elle avait appris la nouvelle, Alice alternait les bouffées de chaleur qui la faisaient transpirer à grosses gouttes et les plongées en Arctique à claquer des dents. Comme si le choc avait complètement déglingué son thermostat interne.

En arrivant enfin chez elle, Alice se laissa tomber sur le canapé. Elle était plantée sur son coussin, droite comme un « i », la main toujours accrochée à son sac, quand Alain débarqua deux heures plus tard.

– Ali ? Tu vas bien ?

Alice le regarda du coin de l'œil sans bouger la tête, pas sûre de lui répondre. Tant que les mots étaient enfermés à l'intérieur de son corps, ils n'avaient aucun pouvoir. Alors que dès qu'elle les ferait sortir, ils allaient se mettre à tricoter des phrases qui fabriqueraient toute une réalité dont elle ne voulait rien savoir.

Mais Alice, qui avait toujours tout maîtrisé, depuis son apparence jusqu'à sa ligne de vie, découvrit ce soir-là que les mots avaient une résolution propre et qu'ils pouvaient agir de leur seule initiative. En sortant tout seuls de sa bouche par exemple, contre sa volonté.

– J'ai été licenciée. Avec effet immédiat.

– Quoi ? Mais…

Alain s'assit dans le fauteuil à côté d'elle. Depuis leur rencontre il y a quelques mois jusqu'à cet instant précis, leurs vies étaient délicieusement parallèles. Ils avançaient dans la même direction, droit devant eux, main dans la main. Mais ce fauteuil formait un angle droit avec le canapé, et Alice avait parfaitement conscience qu'elle venait de dérailler. C'est elle qui s'était mise de travers. Leurs routes étaient maintenant perpendiculaires et allaient s'éloigner de plus en plus. Combien de temps avant qu'elle ne le perde de vue ?

– Tu savais que tu faisais partie de la dernière charrette ?

Ali regarda autour d'elle avec l'impression de s'être trompée de dimension. Tout était impeccable. Les murs blancs repeints depuis peu, les meubles élégants disposés selon les règles du feng shui, son tailleur griffé, ses ongles manucurés une fois par semaine, sa coupe de cheveux rafraîchie tous les mois… Tout était parfait. Alors, où était l'erreur ? Ce déraillement soudain venait de fendre l'armure qui protégeait sa vie.

– Non. Je l'ignorais. Il a magouillé ça dans mon dos avec l'avocat.

Alice avait maintenant la sensation d'être une bouse de vache déposée au milieu d'un tapis persan. Elle faisait tache. Mais elle ne savait pas si c'était dans son regard à elle ou dans celui d'Alain. Il pianota sur les accoudoirs puis abattit fermement ses mains dessus.

– Bon, c'est un sacré choc. Tu vas te laisser un peu de temps pour digérer ça et puis tu rebondiras vite. Allez, je nous commande quelque chose chez le traiteur italien. Va prendre une douche, ça te fera du bien.

Il se leva pour attraper son téléphone et accrocher sa veste dans la penderie. Pour lui, ce n'était pas un déraillement, tout au plus un arrêt technique. Alice se fit violence pour se lever et renouer avec les gestes simples d'un quotidien normal. Elle lâcha enfin son sac et alla se laver.

Mais une fois qu'ils furent couchés, les lasagnes du traiteur lui restèrent sur l'estomac, et elle garda les yeux collés au plafond sans même gigoter dans les draps tout au long de son insomnie.

Dix ans qu'elle travaillait pour cette boîte. Au début, elle adorait. Gestion des ressources humaines, elle trouvait que ça avait du panache. Être le pêcheur qui va hameçonner les compétences nécessaires au développement de l'entreprise lui donnait l'impression d'être un élément essentiel de la machine. Une sorte de mécanicien en chef qui ajustait les pièces pour que tout tourne au mieux. Petit à petit, cela s'était gâté. Le rôle d'intermédiaire entre un patron et une boîte d'intérim était beaucoup moins excitant et gratifiant que pêcheur. Mais elle avait réussi à y trouver son compte en rappelant régulièrement ceux qui avaient fait leurs preuves.

Par contre la dernière évolution avait été plus difficile à avaler. Elle, qui avait tout fait pour mettre de l'huile dans les rouages, devait tout à coup « dégraisser ». Comme si elle était devenue un régime miracle ou un détergent multifonctions. Ceux qui étaient arrivés dans la boîte avec un grand sourire et prêts à retrousser leurs manches pour donner le meilleur d'eux-mêmes étaient repassés dans son bureau avec les larmes aux yeux, la colère dans la bouche et l'angoisse au ventre. Elle avait détesté ces derniers mois. Elle aurait voulu être quelqu'un d'autre. Mais Alain, PDG d'une entreprise qui trafiquait dans la finance, l'avait poussée à accepter cette évolution. C'était la loi du marché, elle n'y pouvait rien. En éliminant des pièces devenues inutiles, elle assurait la survie de l'ensemble de la machine.

Aujourd'hui que c'était son tour, elle se rendait compte que réduire les ressources humaines aux rouages d'une mécanique n'avait pas été une bonne idée, même si cela l'avait aidée à gérer la situation. Mais maintenant qu'elle aussi avait les larmes aux yeux, la colère dans la bouche et l'angoisse au ventre, elle arrachait ce voile qui masquait pudiquement la réalité et comprenait dans la douleur que la loi du marché n'avait rien à voir avec ce qu'elle vivait et ressentait.

Alice traversa les trois jours suivants comme un zombie. Et au bout de soixante-douze heures, elle se rendit compte que même les fondamentaux de sa vie qu'elle pensait inébranlables n'avaient plus aucun sens. Pourquoi se lever, puisqu'elle n'avait rien à faire ? Pourquoi se laver, puisqu'elle ne voyait personne ? Et encore plus, pourquoi s'habiller, puisqu'elle ne sortait pas ? Le soir du troisième jour, Alain lui rappela un dîner prévu chez des amis. Mais assister à une de ces soirées, qu'elle appréciait tant avant, pour mentir ou marmonner d'un air honteux qu'elle avait été virée lui donna des frissons d'horreur et elle refusa de l'accompagner. Deux jours de plus passèrent, jusqu'à l'arrivée du week-end. Cela ne changeait absolument rien pour Alice, mais Alain voulut profiter de cette occasion pour la secouer et la remettre sur pied.

Alors le dimanche midi, elle le pria doucement mais fermement de rentrer chez lui et de lui foutre la paix pour l'instant. Si elle entendait encore « prends-toi en main », « secoue-toi », « c'est une question de volonté » ou « tu es une battante, tu vas y arriver », elle allait le faire passer par la fenêtre.

Son départ lui donna un regain d'énergie. Alain parti, son téléphone muet et son appartement vide, elle se fondait dans la masse des oubliés du dimanche. Elle se sentait enfin libre de réagir comme elle le voulait. Elle s'habilla vaguement et descendit faire des courses. En fait, elle n'avait pas besoin de grand-chose pour ses projets. Un peu de menthe fraîche et des citrons verts qu'elle trouva à l'épicerie du coin. Au retour, elle ouvrit sa boîte aux lettres qui restait dans le noir depuis plus d'une semaine et tria son courrier. Cela faisait des années qu'elle prenait ça comme une corvée, et ce jour-là, rien ne vint contredire son sentiment. Des factures, des pubs et, cerise sur le gâteau, une convocation à Pôle Emploi avec un conseiller suite à son licenciement. Bienvenue en enfer. Alice se félicita d'avoir vu large en faisant ses emplettes et remonta chez elle le pied léger pour entamer ses préparatifs. Piler la glace. Mettre le rhum, l'eau gazeuse, le sucre et le jus des citrons verts dans un grand shaker. L'odeur qui montait de la menthe fraîche grossièrement hachée était revigorante, et pour la première fois depuis bien longtemps, Alice sentait sur ses lèvres un vrai sourire. Il faudrait qu'elle pense à remercier le dieu des petits riens pour les bonheurs qu'il cachait dans la vie de tous les jours.

En temps ordinaire, elle buvait peu, et jamais seule. Elle avait l'alcool mondain, comme on dit, ce qui limitait sa consommation à une ou deux prises maximum par semaine. Toujours en quantité raisonnable et en bonne compagnie. Mais Alice pensait que ce qui venait de lui arriver méritait un traitement exceptionnel.

Au cours de ses réflexions moroses de la semaine, elle avait réalisé que jamais, mais vraiment jamais de sa vie, elle n'avait pris une cuite. Même jeune étudiante, même pour ses vingt ou ses trente ans, même pour son premier job ou l'achat de son appartement, elle était toujours restée sobre. Légèrement guillerette certains réveillons, mais c'était tout. Alors elle s'était dit qu'il était temps d'expérimenter cet état d'ivresse totale, et que si elle ne se prenait pas une cuite pour son licenciement, elle ne le ferait *vraiment* jamais. Comme elle ne voulait pas risquer d'étaler publiquement un comportement qu'elle aurait à regretter plus tard, elle préférait le faire toute seule, comme une grande. De toute façon, apparemment on oubliait tout, alors comme ça il n'y aurait personne pour lui rappeler ses âneries.

Au premier verre, Alice fredonnait tranquillement en écoutant de la musique, les lumières tamisées du salon mettant en évidence la décoration recherchée qu'elle avait étudiée pendant des mois dans les magazines.

Au second verre, elle dansait pieds nus sur le plancher vitrifié.

Au troisième verre, elle se fracassa le petit orteil contre le pied du lampadaire, très design, mais qu'elle n'utilisait presque pas à cause de sa lumière blanchâtre qui donnait une mine de papier mâché et mal à la tête.

Au quatrième verre, elle eut un soudain ras-le-bol de tous ces objets qui l'entouraient. Elle s'était encore cognée plusieurs fois, au coude ou à la tête, ils prenaient trop de place. Et en plus, elle était incapable de dire si elle les aimait ou pas. Ils étaient beaux, ça c'était sûr, et parfaitement assortis. Mais est-ce qu'ils la touchaient ?

Au cinquième verre, la réponse était non, sans aucune ambiguïté. Elle décida donc de faire le ménage. Et puisqu'il fallait absolument qu'elle se prenne en main et se secoue, elle s'y mit immédiatement, pour ne pas encore repousser au lendemain. Allez hop, droit devant toi ma fille, s'encouragea-t-elle.

Le lampadaire qui avait failli l'estropier fut le premier à prendre la direction du trottoir. Il fut suivi par la toile abstraite accrochée au-dessus du canapé, qui lui donnait le blues avec ses formes agressives et ses couleurs criardes, puis par les volumes en cuir soigneusement reliés qui occupaient ses étagères. Franchement, depuis le temps qu'elle les avait, ils sentaient la poussière. Tout se passa bien jusqu'au guéridon en marbre de la cuisine. Le style bistrot parisien était très chic, mais elle buvait toujours son café debout. D'abord parce que le bruit de la tasse heurtant la pierre était insupportable, ensuite parce que le plateau était tellement froid qu'elle n'avait aucun plaisir à s'installer dessus. Cela lui donnait la chair de poule aux avant-bras. Il était donc logique qu'il rejoigne lui aussi le libre-service qu'elle était en train d'improviser au pied de son immeuble.

Mais peut-être que le marbre avait une âme, après tout, il avait été fabriqué au cœur de la terre pendant des millénaires. Toujours est-il qu'il se rebella, et vint s'écraser brutalement contre son orteil déjà malmené. Cette fois, l'alcool ne suffit pas à anesthésier la douleur, et Alice poussa un hurlement accompagné d'une avalanche de jurons qu'elle ne savait même pas connaître. Maudit karma !

La voisine sortit de chez elle en courant. Alice n'avait jamais daigné lui adresser la parole, ne répondant que par un hochement de tête pincé à ses salutations. Elle lui avait toujours trouvé un air un peu bohème, ce qui était soit inquiétant, soit étranger à son univers. Mais ce soir-là, elle fut bien contente de la voir arriver et réagir comme elle en était incapable. Un licenciement et cinq mojitos l'avaient dépouillée de son légendaire esprit de décision.

Alors qu'elle s'occupait de pleurer et de ressasser ses tourments, la voisine rentra chez elle le temps de décrocher son téléphone puis revint s'asseoir sur la marche de l'escalier à côté d'elle.

—Ça va aller. Les secours arrivent.

—Non, plus rien n'ira jamais bien, gémit Alice.

—Allons bon, qu'est-ce qui se passe ?

—J'ai été licenciée. Et je ne suis même pas capable de prendre une cuite sans me blesser !

Un silence suivit sa sortie larmoyante alors qu'Alice se recroquevillait autour de son pied fracassé toujours écrasé sous le marbre.

—Vous me l'auriez dit, je serais venue boire avec vous. Et on aurait porté ce foutu guéridon à deux.

La suite n'était plus qu'un épais brouillard dans l'esprit d'Alice, qui confirmait par l'expérience qu'une cuite menée avec diligence affecte la mémoire. Il était possible qu'elle ait félicité l'un des pompiers pour sa musculature admirable, notamment au niveau de ses fessiers judicieusement moulés par l'uniforme. Et qu'elle ait expliqué à sa voisine qu'elle ne lui parlait pas dans les escaliers parce qu'elle ressemblait à une gitane. Mais au petit matin, la seule chose qui lui importait était de rentrer chez elle pour pouvoir s'affaler dans son canapé et dormir.

Quand elle se réveilla quelques heures plus tard, avec un mal de tête à perdre ses cheveux, Alice se sentait sale, épuisée, et désespérément seule. Personne pour l'aider à se laver avec son pied dans le plâtre. Personne pour aller lui chercher des antidouleurs ou lui préparer un repas chaud. Elle tenait serré dans ses bras un sac en plastique qu'elle n'avait jamais vu. En se concentrant très fort, elle se souvint vaguement qu'elle l'avait rapporté de l'hôpital. Sauf qu'en fouillant dedans, il apparut clairement qu'il n'était pas à elle. Il y avait un pull en laine très doux, une paire de lunettes et un livre. Alice soupira.

— Oh, mais c'est pas vrai ! Je me débarrasse de mes vieux bouquins et voilà que je trimballe ceux des autres !

Alice abandonna l'objet coupable sur le canapé puis se traîna jusqu'à la salle de bains avaler un antalgique et faire comme elle pouvait un brin de toilette. Le temps qu'elle revienne s'asseoir sur ce qui semblait devenir son QG avec son café, sa voisine entrait après avoir frappé à la porte.

— Je suis venue voir comment tu allais. C'est cassé, hein ? demanda-t-elle en pointant du doigt le plâtre posé sur la table basse. Tiens, je t'ai apporté un peu de soupe et des clémentines.

Etonnée, Alice la regarda déposer ses présents puis tenta de redevenir civilisée.

— Je vous remercie. Pour avoir appelé les secours cette nuit, et pour le repas.

— Écoute, tu m'as vomi sur les pieds, alors je pense que l'on peut se tutoyer.

— Oh… (Cette étape honteuse avait bienheureusement été effacée de sa mémoire.) Désolée. Pour l'épisode nauséeux. Et… je t'ai vraiment traitée de gitane ?

La voisine hocha la tête en riant et Alice la trouva soudain très jolie, avec sa crinière bouclée et sa longue jupe multicolore. Elle s'éclipsa sans traîner et Alice se jeta sur le bol de soupe. La chaleur réconfortante l'endormit dans la foulée.

Elle se réveilla en pleine nuit. Les deux béquilles posées près d'elle prouvaient que la voisine était repassée pendant son sommeil et qu'elle avait dû trouver l'ordonnance abandonnée dans l'entrée. En fait cette gitane était un ange et Ali se demanda si elle l'ignorait vraiment depuis des années simplement parce que son look ne lui plaisait pas. Tout à coup, c'est son comportement à elle qui ne lui plaisait plus. Plus du tout, même. Elle était coincée avec ses tailleurs tristes. Ennuyeuse avec son appart de magazine. Écœurante avec ses licenciements à tour de bras pour ensuite pleurnicher sur le sien.

Ses yeux se posèrent sur le livre rapporté par erreur. Et au lieu de continuer à râler, elle le prit et l'ouvrit. Après tout, le titre était éloquent. *Et si c'était vrai ?* Ali était tellement perdue qu'elle voulait bien quelques conseils pour retrouver sa capacité à discerner réalité et cauchemar. À croire qu'il avait été écrit pour elle !

Au réveil, le soleil était haut et Alice se sentait inexplicablement bien. Son livre s'était révélé bien plus agréable que ses sempiternelles insomnies et elle avait dormi comme une souche. À la réflexion, elle ne se rappelait pas avoir dormi aussi bien depuis des mois. Puisqu'elle en était à tenter des expériences, elle décida de tester l'usage de ses béquilles. Son sac en travers de la poitrine, elle attrapa les engins qui lui paraissaient bien dangereux et partit pour une expédition à l'extérieur. Mais dès sa porte franchie, un sacré obstacle se présenta à elle : les escaliers. Penaude, elle était sur le point de faire demi-tour quand une voix l'interpella :

— Vaut mieux descendre sur les fesses, si vous n'avez pas l'habitude.

Surprise, Alice releva la tête pour croiser le regard de son voisin. Décidément, la cage d'escalier de son immeuble était un vrai hall de gare. Elle ne se voyait vraiment pas se traîner par terre, merci bien, elle avait encore une certaine notion du ridicule malgré ses exploits de la nuit. Elle allait hocher poliment la tête et se réfugier chez elle quand elle prit conscience de sa frustration à devoir rentrer. Elle avait envie de sortir. Allait-elle vraiment se priver de ça simplement parce que se déplacer sur le postérieur manquait d'élégance ? Décidant soudain que non, elle s'assit prudemment sur la première marche et entama sa descente. À son grand étonnement, non seulement c'était pratique et rapide, mais en plus c'était presque amusant. Pleine de reconnaissance, elle se releva une fois en bas et salua le voisin d'un grand sourire :

— Merci beaucoup pour le tuyau.

— De rien. Je suis un expert des bras et jambes cassées. Dites-le si vous avez besoin d'aide, je suis souvent chez moi.

Jusque-là, Alice était convaincue en le voyant traîner à n'importe quelle heure en jean et les cheveux ébouriffés qu'il devait être un de ces électrons libres qui semblaient toujours déambuler sans qu'on sache vraiment ce qu'ils faisaient. Sinon il n'aurait pas eu cet air nonchalant perpétuel. Comme si l'heure n'avait aucune importance et qu'il n'avait nulle part où aller. Mais ce matin, au lieu de voir cela comme une tare indélébile, Alice se dit qu'il pourrait sûrement lui donner d'autres conseils avisés sur la façon de gérer son temps quand on n'avait rien à faire.

— Merci, c'est très gentil de votre part. Dites-moi… Euh…

Elle se sentit tout à court de mots. Comment dire à quelqu'un qu'il avait l'air d'un fainéant et que son expérience de flemmard serait la bienvenue pour l'aider à occuper ses journées ? Il attendait patiemment sa question et elle fit une tentative.

— Je viens d'être licenciée. Je ne sais pas trop comment réagir, quoi faire. Pour ça aussi vous auriez des idées ?

Il éclata de rire avant de secouer la tête.

— Non, désolé, aucun tuyau pour ça. Je suis infographiste, je bosse chez moi. Si vous avez des compétences dans ce domaine, je suis preneur, je n'en peux plus des heures sup.

Contrite, Alice piqua un fard pour la seconde fois depuis son réveil. Décidément, elle avait une capacité étonnante à se fier aux apparences pour se mettre le doigt dans l'œil jusqu'au coude, ou la mauvaise habitude d'être soi quand on ne veille pas sur ses vraies valeurs ! se morigéna-t-elle intérieurement. Elle présenta des excuses au voisin et partit pour la grande aventure d'une balade en béquilles.

Dehors, il faisait beau. Alice n'avait pas vraiment d'objectif. En fait, elle n'avait absolument aucune idée de l'endroit où elle voulait aller. Elle avait simplement suivi son envie de prendre l'air. Mais maintenant qu'elle était plantée sur le trottoir (d'où son capharnaüm avait disparu, signe qu'il avait été utile à quelqu'un), elle ne voyait pas ce qu'elle pouvait fabriquer, à part errer piteusement dans les rues vers un lieu incertain. Ce qu'elle entreprit de faire contre toute raison, l'idée de retourner chez elle bredouille la déprimant. Elle cherchait… Quelque chose. Quelque chose à vivre. Quelque chose à ressentir. Quelque chose à raconter. Et elle décida de laisser faire le hasard.

Elle entama donc sa recherche de l'inattendu en apprenant à coordonner ses pas avec ses béquilles. Tout se passa très bien jusqu'au moment où dans une crise de confiance excessive, elle voulut accélérer pour griller la politesse à une voiture sur un passage piéton. Il s'ensuivit une gamelle lamentable où elle finit enroulée autour d'un poteau, une béquille entre les dents.

— Ne me dites pas que vous êtes encore complètement saoule ?

Alice sursauta, morte de honte à cette interpellation. Et se sentit dans la peau d'un homard qu'on ébouillante en reconnaissant le pompier qui avait soulevé le guéridon de marbre pour la libérer. Quand il ramassa sa béquille tombée à terre et lui tint le coude pour l'aider à reprendre son équilibre, elle fit de son mieux pour retrouver un semblant de dignité.

— Absolument pas. Je ne bois jamais d'habitude !

Il éclata de rire. Son jean était moins sexy que son uniforme, mais il était charmant quand même.

— Je sais. Vous me l'avez répété une trentaine de fois pendant le trajet jusqu'aux urgences. Vous allez mieux ?

— Oui. Et merci pour votre aide. J'espère que je n'ai pas dit trop de bêtises, je ne me rappelle rien.

— Non, aucune bêtise. Juste que j'avais un beau petit cul.

Hilare, il prenait manifestement un malin plaisir à se payer sa tête. Sauveteur dévoué, tu parles. Tout était dans l'uniforme !

— Décidément, on dit n'importe quoi quand on est ivre ! riposta-t-elle en pointant le menton.

— Mince, vous me flanquez mon jour de repos en l'air ! Bon, dites-moi, je peux vous aider ? Vous alliez quelque part ?

Fallait-il vraiment qu'elle avoue qu'elle n'allait nulle part ? Et puis zut, pourquoi pas ? Elle avait bien le droit de se balader pour le plaisir.

— Aucune idée ! J'avais envie de sortir de chez moi, donc je suis sortie. Mais je ne sais pas quoi faire…

Elle fronça les sourcils, encore peu familière de ce « je ne sais pas » qui semblait revenir tel un refrain dans sa vie depuis une semaine.

— Vous voulez m'accompagner ? Il y a un club de lecture qui se réunit une fois par semaine à la bibliothèque.

Il disait ça en montrant le livre qu'il tenait dans la main. Sans rire ? Elle, aller dans un club de lecture ? Alors que le bouquin qu'elle avait ouvert cette nuit était le premier qu'elle lisait depuis des années !

— D'accord. Avec plaisir.

Alice s'entendit accepter l'invitation et maudit intérieurement les mots qui se mettaient à sortir de sa bouche sans lui demander son avis. Dans quoi était-elle encore allée se fourrer ? Il suffirait au pompier de deux minutes pour apprendre qu'elle était alcoolique occasionnelle, cascadeuse débutante ET inculte ou presque. Mais il était trop tard pour changer d'avis, parce qu'il avait déjà passé son bras sous le sien pour la guider. Et en découvrant qu'elle avait chuté juste devant la bibliothèque, elle se dit que c'était un signe.

— Bonjour tout le monde. Je vous présente une nouvelle, Alice.

Des bienvenues jaillirent des quatre coins de la petite salle. C'était un simple espace aménagé entre les rangs de bibliothèques, et équipé de fauteuils et de canapés. Une dizaine de personnes étaient rassemblées là. Ils lui offrirent immédiatement leur aide pour gagner un siège, puis lui apportèrent un café. Elle fusilla le pompier du regard quand il raconta leur rencontre et sa chute sur le trottoir en truffant son récit de sous-entendus et avec un fou-rire au bord des yeux. S'il dévoilait la vérité, Pierre, puisque c'est ainsi qu'ils l'avaient appelé à leur arrivée, se ferait botter ses si jolies fesses avant la fin de la journée.

Quand ils s'assirent enfin tous, ils se mirent à sortir leurs livres et à discuter. Alice décrocha au bout de quelques minutes. Ils parlaient de gens qu'elle ne connaissait pas, qui avaient écrit des livres qu'elle ne connaissait pas, portés par une passion de la lecture qu'elle ne connaissait pas. Mais elle se sentait bien, assise confortablement, sans que personne n'attende quoi que ce soit d'elle. Ses pensées dérivaient sans suivre aucune logique, elle sirotait son café et s'amusait des contrastes entre les personnes qui l'entouraient. Elles étaient si différentes et paraissaient dans le même temps si intimement liées !

— Et vous, quelle lecture vous a marquée dernièrement ?

Alice sursauta. C'était bien à elle que s'adressait cette dame un peu austère, quoique charmante avec son chignon gris et ses Kickers roses. Aïe ! Elle n'avait aucune idée de la qualité de ce qu'elle venait de lire, elle savait seulement que ce livre l'avait touchée. Et comme elle avait depuis longtemps oublié ses lectures de lycée, elle n'avait de toute façon pas trop le choix.

— Et *si c'était vrai*, de Marc Levy.

Un silence neutre accueillit son annonce, et sa questionneuse remonta ses lunettes avec un sourire poli.

— Quoi ? Qu'est-ce qu'il y a ? demanda Alice.

— Rien, rien, répondit Kickers Roses. C'est juste que c'est un type de lecture… inhabituel pour nous. Disons que c'est un peu… léger.

En effet, Alice avait vraiment ressenti ce sentiment de bien-être aérien. Elle s'était même sentie tellement délestée de ses soucis qu'elle avait enfin connu un vrai sommeil profond, et s'était réveillée avec le sourire. Mais apparemment, cette émotion était problématique.

— Léger comment ? insista-t-elle.

— Nous préférons des lectures un peu plus pointues ou profondes. Monsieur Levy… C'est un peu « bisounours » à notre goût, j'avoue, gloussa son interlocutrice en insistant sur ce mot qui ne devait pas faire partie de son vocabulaire habituel.

« Bisounours » ? Sans qu'elle sache vraiment d'où cela venait, Alice se sentit soulevée par une vague de colère. Ils étaient là, à débattre de la qualité de la plume d'un type dont elle ne comprenait même pas le titre, bien à l'abri dans leur cocon et à l'aise comme des poissons dans une mare. Alors qu'elle, elle était complètement larguée. Et le truc qui l'avait comme interceptée dans sa chute était « léger » ?

– Ah oui ? Hé bien je félicite Monsieur Levy alors, madame. Parce que réussir à garder un esprit léger et optimiste dans le monde de brutes où nous vivons, cela demande une sacrée dose de force et de bienveillance. Deux qualités qui se font de plus en plus rares. D'ailleurs il faut que j'aille lire ses autres livres, parce que là, je suis en manque !

Alice était cachée entre deux rayons quand Pierre la retrouva. Elle s'était planquée là en attendant que le groupe se disperse pour éviter qu'ils ne la voient perdue devant le kiosque d'accueil pour tenter de comprendre de quelle façon elle devait s'y prendre pour emprunter des livres. Une fois de plus, il semblait sur le point d'éclater de rire et elle se demanda si elle n'était pas en train de se reconvertir en clown.

– Excellente tirade !

– Arrêtez de vous payer ma tête ! Je ne lis pas, d'accord ? Cela fait des années que je n'ai pas lu un satané bouquin. Mais cette semaine j'ai été licenciée. J'ai décidé d'arroser ça en prenant la première cuite de ma vie, ce qui m'a permis de me casser le pied et de me ridiculiser. Et sans faire exprès, j'ai embarqué ce Levy à l'hôpital. Et quand je l'ai lu cette nuit… Il m'a fait du bien. C'est tout. Et c'est la première chose qui me fait du bien depuis longtemps. Alors elle m'a énervée, Kickers, avec son air arrogant.

– Félicitations.

– Quoi ?

– Vous venez de découvrir la seule raison valable d'ouvrir un livre. Se faire du bien.

Désarmée par son sourire, Ali laissa sa colère retomber. Difficile de lui en vouloir de ses taquineries alors qu'il avait au moins le mérite d'être présent et de s'amuser de ses humeurs. Positif, elle devait penser positif. C'est ce qu'elle répétait à tout bout de champ dans son bureau. Si c'était bon pour les autres, cela ne pouvait pas lui faire de mal.

– Pourriez-vous m'aider ? À m'inscrire à la bibliothèque.

Bien sûr, il ne trouva rien de mieux à faire que de rire, lui donnant l'impression d'être une enfant à qui il fallait tout apprendre. Mais finalement, c'était une sensation bien moins désagréable que d'être une bouse de vache sur un tapis persan. D'ailleurs, jamais il n'aurait passé son bras sous le coude d'une bouse de vache pour la guider entre les rayonnages.

— Vous avez un justificatif de domicile sur vous ?

— Non.

— Bon, alors il faudra revenir. (Il croisa son regard déçu.) En attendant, vous allez prendre vos doses d'humanité sur ma carte. Je vous fais confiance pour ne pas déménager sans les rendre.

Il lui expliqua comment les ouvrages étaient classés pour ne pas qu'elle se perde dans ce labyrinthe, puis ils sortirent dans la rue, chargés de livres. Elle avait trois nouveaux romans de ce premier auteur qu'elle venait de découvrir, et il lui avait demandé de prendre le temps de faire connaissance avec son auteur préféré à lui, un certain Philippe Djian. Le livre s'appelait *Marlène*, et même s'il avait l'air beaucoup moins gai, elle voulait bien lui faire confiance. Il la raccompagna et accepta même de boire un café avec elle, debout dans la cuisine puisqu'elle n'avait plus de table.

Quand Pierre repartit, elle se lova dans le canapé et entama sa lecture. Et comme son départ faisait ressortir sa solitude, elle choisit de rester encore un peu avec lui en commençant le Djian. Étonnée tout de même que lire un livre qu'il aimait lui donne ce sentiment de proximité, presque de complicité.

Trois heures plus tard, elle toquait maladroitement à la porte de sa voisine. Celle-ci lui ouvrit et écarquilla les yeux en voyant la bouteille de vin coincée de façon précaire sous son coude.

— Tu veux déjà remettre ça ? Tu sais que tu n'as que deux pieds ?

— C'est à cause du pompier.

Louise, puisque c'était son nom, la fit entrer et la conduisit jusqu'à son salon. Alice découvrit son intérieur avec plaisir. Il y régnait un bazar pas possible, mais elle avait l'impression d'être entrée dans un cocon. Elle prit le verre de vin que Louise lui tendait.

— Je me suis cassé la figure juste devant la bibliothèque. Et le pompier m'a ramassée.

— Heureusement que c'est son métier, sinon il finirait par trouver ça lassant.

— Non, non, aujourd'hui il était de repos. Nous nous sommes croisés par hasard. Il m'a recommandé un livre que je viens de finir. Et tu sais quoi ? Il m'a donné envie de pleurer. La fin est tellement… bouleversante ! Tu l'as lu ?

Alice brandit le livre qu'elle avait descendu aussi. Elle avait envie d'en parler, et au tout premier club de lecture auquel elle avait assisté aujourd'hui, ils avaient tous sorti leurs pavés de leurs sacs. Elle voulait faire pareil.

– Non. Mais explique-moi.

– Pas tout, sinon tu n'auras plus aucun intérêt à le lire. Mais c'est cette façon qu'il a de raconter… Il énonce les faits, et quand tu le lis, ça paraît neutre. Sauf que dès que ses mots finissent de tisser leur toile dans ton esprit, ça fait « boum » ! Tu prends conscience de la réalité de ce qu'il décrit. Et comme il ne donne aucune explication pour diluer l'émotion, ça explose dans ta tête et dans ton cœur.

– Il t'a touchée à ce point ?

Alice reprit une gorgée de vin blanc le temps de réfléchir.

– Oui, à ce point. Parce que sans le dire, on sent comme une immense douleur qui se tait parce qu'elle est impuissante à changer le cours des évènements. Il y a un peu de désespoir là-dedans, et en même temps beaucoup d'amour. Comme un rêve que les choses soient différentes sans plus parvenir à y croire.

– C'est beau ce que tu dis, Alice, comme un roman. Tu devrais l'écrire.

Alice éclata de rire à cette idée saugrenue. Puis elles changèrent de sujet. Louise était orthophoniste et avait toute une réserve d'anecdotes à partager. Elles rirent, discutèrent et se découvrirent l'une l'autre, pelotonnées dans les coussins en sifflant la bouteille de vin et en grignotant l'en-cas que Louise avait préparé.

Quand Alice remonta chez elle, elle était guillerette. Elle avait envie d'écrire une lettre à Philippe Djian pour lui dire qu'il y avait encore plein de bonté dans le monde, avec des voisines gitanes et des pompiers extra quand on les connaissait, et que certaines histoires se terminaient bien. Mais elle verrait ça demain, parce que là, elle avait envie de dormir. Et puis de toute façon, elle n'avait aucune idée de la façon dont on pouvait entrer en contact avec un écrivain. Rien que le mot était impressionnant. Comment vivaient ces gens-là ? À la campagne ou à la ville ? Enfermés dans leur bureau, l'âme aux aguets des battements de cœur du monde ? Ou bien se noyaient-ils dans la foule pour nourrir leur plume ? En s'endormant, Alice n'était pas encore arrivée à une conclusion certaine quant à la nature humaine ou légèrement extra-terrestre des auteurs capables de bouleverser leurs lecteurs comme ces deux hommes qu'elle venait de lire l'avaient fait.

Le lendemain, Alice dévora un livre de plus. Cette fois, il lui laissa une impression de sérénité et de joie qui lui fit du bien. Elle aurait voulu en parler avec Pierre, mais elle n'avait aucune idée de la façon dont elle pouvait le joindre. Elle retourna à la bibliothèque, munie des papiers nécessaires pour obtenir sa propre carte, et ressortit de là fière comme Artaban, le précieux sésame à l'abri dans son portefeuille et un nouveau sac de livres accroché en bandoulière. Sur le chemin du retour, elle s'aperçut que le magasin situé entre son épicerie et le traiteur italien d'Alain était une librairie. Mais chargée comme elle l'était et l'esprit déjà plein d'émotions pour la journée, elle décida de reporter cette découverte au lendemain.

Par contre une fois rentrée, elle fit ce qu'elle aurait dû faire depuis plusieurs jours.

— Allô ?

— Coucou Alain. C'est moi, répondit-elle d'une toute petite voix.

Il y eut un silence. Elle l'avait expressément mis dehors le dimanche précédent, et depuis elle ne lui avait pas donné signe de vie.

— Je suis content de t'entendre ma chérie. Comment vas-tu ?

Un immense soupir de soulagement échappa à Alice.

– Je vais mieux. Tu veux venir dîner ce soir ?
– Avec plaisir. J'apporte quelque chose ?

Alice prit une grande inspiration et l'assura que ce n'était pas nécessaire et qu'elle avait tout prévu. Dès qu'elle raccrocha, elle attrapa son ordinateur pour chercher avec frénésie ce qu'elle allait bien pouvoir cuisiner, elle qui n'avait pas touché une casserole depuis environ cinq ans.

Il arriva pile à l'heure, très élégant comme toujours. Et écarquilla les yeux en voyant ses béquilles.

– Mon Dieu, mais qu'est-ce qui t'es arrivé ?
– Euh… Un meuble qui m'est tombé dessus.
– Un meuble ? (Il voulut poser une bouteille de vin sur le guéridon et découvrit l'espace vide.) Et qu'est devenue la table ?
– Je ne l'aimais plus. Alors je l'ai descendue. Ça l'a contrariée, je crois, elle s'est vengée.
– Ali… ça sent le brûlé !

Elle se précipita sur le four et tira sur la porte. Une épaisse fumée noire envahit la cuisine et Alain ouvrit vivement la fenêtre pour déposer le plat sur le petit rebord en béton.

– C'est notre dîner ?
– C'était, oui. Je suis désolée. Je lisais et je n'ai pas vu l'heure.

La sentence, prévisible, tomba.

— Quand c'est noir et que ça fume bleu, c'est que c'est cuit. Tu lisais ? s'étonna-t-il en se retournant. Tu lisais quoi ?

— Ooooh, il faut que je te raconte ! À l'hôpital, j'ai piqué un livre, et il était génial. Alors je suis allée à la bibliothèque. Depuis, j'en ai déjà lu quatre. Dont un conseillé par Pierre, le pompier.

— Le pompier ?

— Oui, celui qui m'a emmenée à l'hôpital quand j'ai pris ma cuite.

Alain devait l'aimer très fort, beaucoup plus que ce qu'elle pensait, elle ne voyait pas d'autre explication. Après avoir froncé les sourcils, il tenta de récapituler son emploi du temps pendant son absence : elle avait pris une cuite, déménagé la moitié de son appartement sur le trottoir, volé un livre, vomi sur sa voisine, fréquenté un pompier dans une bibliothèque, et laissé brûler le dîner parce qu'elle était plongée dans une lecture. Elle hocha la tête, un peu embarrassée, et Alain retrouva le sourire. Il s'assit à côté d'elle sur le canapé, pas sur le fauteuil. Comme s'ils avançaient à nouveau en parallèle, main dans la main.

— Ali, tout ça me paraît un peu farfelu, mais je te sens bien. Comme si tu avais retrouvé la joie de vivre. Ça me rassure, j'étais très inquiet. Par contre… je ne te vois pas chercher du travail.

Alice profita de l'interruption du livreur (puisqu'elle avait tout fait brûler, Alain avait encore appelé le traiteur italien) pour réfléchir à sa réponse.
– Si c'est un homme...
– Quoi ?
– Les employés... Nous ne sommes pas des pièces d'une machine. Nous sommes des êtres humains. Et même si la loi du marché implique notre licenciement, il y a des manières de le faire. Avec respect. J'aurais dû avoir le droit d'accompagner ceux que je renvoyais. De les aider à retrouver une place. C'est sur ça que mes efforts auraient dû porter. C'est ce que j'avais choisi de faire en m'investissant dans la gestion des ressources humaines.

Alice fut la première surprise de sentir les grosses larmes qui coulaient sur ses joues. Alain prit sa main.

– Je suis sûre que tu pourras jouer ton rôle dans ton prochain poste. Toutes les boîtes ne licencient pas.

– Peut-être. Mais je ne veux plus être en situation d'être celle qui dégraisse. Avec le recul, je crois que j'étais en plein « burn out ». Qui sait ? Peut-être que mon licenciement est une chance ? L'opportunité de faire quelque chose qui me corresponde vraiment.

— Mais… C'est ta formation, et toute ton expérience professionnelle. À quoi penses-tu ?

— Aucune idée. Pour l'instant, je vais prendre le temps de souffler. Et lire ! Si tu savais tous les livres qui m'attendent ! Toutes les histoires, les personnages, les aventures, les découvertes, les…

Alain leva une main pour arrêter le flot.

— O.K., je comprends. La seule chose qui m'embête, c'est que ce soit une activité… solitaire. Tu es au chômage, Alice. Si tu restes toutes la journée enfermée entre quatre murs sans entendre nulle autre voix, tu vas devenir cinglée.

Sa remarque ombra l'enthousiasme tout neuf de Alice. C'est vrai qu'elle avait ressenti cette solitude plusieurs fois. Que rencontrer du monde et discuter avec des gens lui manquait. Qu'elle ne pouvait pas passer son temps à tomber aux pieds de Pierre ou à s'incruster chez Louise.

Elle traversa la nuit pelotonnée contre Alain, se demandant ce qu'elle allait bien pouvoir devenir. Elle avait découvert en parlant avec lui que son métier ne lui convenait plus. Surtout dans ce contexte économique où on licenciait à tour de bras. Elle ne voulait plus jamais porter cette responsabilité. Mais alors, à part lire, qu'allait-elle bien pouvoir faire de ses journées ?

En attendant de le savoir, elle en passa une de plus allongée sur son canapé à dévorer son dernier livre. Elle avait laissé la porte d'entrée entrouverte pour guetter le retour de Louise. Dès qu'elle l'entendit dans le hall, elle se précipita sur le palier et tapa avec sa béquille sur la rambarde pour attirer son attention. Le bruit de l'aluminium contre le métal fut assourdissant.

— Louise ! J'ai une question à te poser.
— Euh… Oui. Je monte.

Impatiente, Alice la regarda prendre son courrier et venir enfin vers elle. Elle l'attrapa par le bras et la traîna jusqu'au canapé.

— L'autre soir, tu as dit que je devrais écrire ce que je pensais de mes lectures, mais ça servirait à quoi ? Parce que j'ai découvert que j'adorais lire, mais je ne peux pas rester toute seule toute la journée dans mon monde de papier. Tu comprends ? Sinon je vais devenir folle ! Il faut que je rencontre des gens, que je puisse échanger. Avoir des idées de lecture. Je…

Louise leva la main pour arrêter le déluge.

— Oui, je vois que rester toute seule à lire ne va pas te réussir. Ou alors c'est moi qui vais devenir dingue, si tu me sautes dessus comme ça tous les soirs pour décharger tous les mots que tu n'as pas prononcés depuis le matin !

Confuse, Alice fit la grimace.

— Tu veux enlever ton manteau ? Boire un verre ?

— Non, pas ce soir. Dis-moi, Alice, tu maîtrises internet ?

— À peu près je crois.

— Alors va fouiner sur la toile. Des groupes de lectures, il y en a plein. Tu trouveras là tout ce que tu cherches. Et tu pourras partager tes ressentis.

— Ah bon ?

— Ah oui. Je te laisse explorer tout ça, je vais aller prendre une douche et filer à mon cours de zumba.

— Zumba ? Oh, ça doit être sympa, ça. Je n'ai pas dansé depuis une éternité !

Louise pointa les béquilles du doigt.

— On va attendre que ton plâtre soit enlevé pour cette nouvelle expérience, d'accord ? Sinon tu vas pouvoir embaucher un pompier à temps plein.

Louise disparut, laissant Alice tourner en rond dans son salon en traînant la patte. Internet, internet, d'accord, mais comment trouver ces clubs ? Et lequel choisir ? Parce que celui de la bibliothèque ne lui avait pas plu du tout.

Alice aimait faire des dossiers, des recherches. C'était l'essence de son métier. Alors finalement, partir à la découverte de cet univers inconnu de la lecture au travers de la toile ressemblait un peu à une de ces enquêtes qu'elle menait pour trouver la bonne personne à mettre au bon endroit. Sauf que là, c'était son profil à elle qu'elle devait étudier pour affiner la liste infinie des lieux qui pourraient accueillir son engouement tout neuf.

En deux heures, elle s'était abonnée à plus de cinquante pages et groupes. Elle avait exhumé un vieux carnet d'un de ses tiroirs pour noter cette multitude de titres qui défilait sous ses yeux. Les couvertures étaient toutes plus attrayantes les unes que les autres, loin de la sobriété uniforme de ses volumes chics reliés pleine peau. Comme si chaque photo ou illustration était la porte d'entrée vers un nouveau monde. Alice se voyait désormais en voyageuse de l'extrême toujours sur le seuil de nouvelles aventures.

Sa liste faisait maintenant trois pages, mais elle continuait à écrire sans pouvoir s'arrêter. Demain, il allait lui falloir se rendre à la bibliothèque avec une charrette à bras.

À force se balader de page en page et de groupe en groupe, son attention fut attirée par l'un d'entre eux qui semblait très actif, mais aussi très riche. De quoi l'arracher à sa solitude. Elle demanda timidement à pouvoir entrer dans le cercle sacré, et fut émerveillée d'être acceptée aussitôt.

Alice passa une nuit blanche.

Elle avait trop de choses à découvrir pour pouvoir dormir. Ses idées rebondissaient dans tous les sens comme des boules de flipper. Elle commença sur la pointe des pieds, en ajoutant son modeste like sur des avis de lecture qui lui avaient donné envie et qui avaient rallongé sa liste. Puis il y avait eu un post spécial pour lui souhaiter la bienvenue. Bredouillant devant son écran, elle avait halluciné face l'avalanche de salutations bienveillantes venues accueillir son arrivée. Prenant soin de répondre à chacune, elle finit par franchir le pas et se présenta en bonne et due forme. Elle donna son nom, expliqua son parcours et sa situation actuelle. Puis avoua que son expérience de lectrice était ridiculement courte et qu'elle avait tout à apprendre.

Si Alain avait été là, il aurait crié au blasphème. Quel intérêt de se dévoiler ainsi à des inconnus ? Comment être sûre qu'il n'y avait pas un prédateur à l'autre bout de la connexion ? Et puis surtout… pourquoi ? Mais Alice sentait de bonnes ondes l'approcher. Elle reçut des tonnes d'encouragements. À garder le moral face à sa situation difficile. À suivre son envie toute neuve de lire. Alors comme tout ça lui faisait du bien, elle se plongea dedans sans arrière-pensée. De toute façon, Alain n'était pas là, elle pouvait faire ce qu'elle voulait sans avoir à l'expliquer.

Quand Alice, avec encore le goût de son croissant dans la bouche alors qu'il était midi passé, franchit la porte de la librairie, elle n'en menait pas large. Ça ressemblait à quoi, un libraire ? Et on lui parlait comment, à ce gardien du saint temple de la littérature ? Elle passa le seuil tête baissée, accrochée à son petit carnet bourré de notes. Elle n'avait aucune idée de la façon dont les livres étaient rangés ici, et elle dut se résoudre à demander conseil. Elle s'approcha du comptoir et retrouva un peu confiance en découvrant le vieux monsieur planté derrière sa caisse. Avec ses cheveux blancs ébouriffés, sa moustache en guidon de vélo très à la mode en 14-18 et son gilet en laine, il était tout sauf intimidant. Il était même attendrissant, il faisait monter en Alice une irrépressible nostalgie pour le parfum de vanille du tabac à pipe de son grand-père et le labyrinthe de framboisiers qu'il cultivait amoureusement.

– Bonjour monsieur. J'ai une liste de livres que j'aimerais lire, si vous les avez.

– Mais bien sûr, petite madame. Montrez-moi ça.

Il eut un sourire bienveillant et se leva pour se pencher sur son carnet qu'elle tenait précieusement serré contre son cœur. Son « petite madame » avait quelque chose de si charmant que Alice lui tendit son trésor sans hésiter. Il en feuilleta les pages et sa bouche s'ouvrit si grand que s'il avait effectivement eu une pipe, elle serait tombée.

— Vous voulez vraiment tout ça ?

— Euh… non. Ce sont des idées que j'ai notées. Mais je veux bien des conseils pour savoir par lequel commencer, avoua-t-elle d'une toute petite voix.

Il s'essuya le front comme s'il l'avait échappé belle et appela soudain : « Angélina ! ». Puis il se rassit, retrouvant son air placide. Alice s'attendait à voir apparaître une évocation de sa grand-mère en parfait miroir du libraire qu'elle avait sous les yeux. Aussi elle sursauta quand surgit entre deux rayons une grande femme d'une trentaine d'années aux bras couverts de tatouages qui montaient jusque dans son cou et aux cheveux bleus électrique.

— La petite madame a besoin de conseils de lecture. Elle a apporté une liste.

— Faites voir, demanda Angélina en tendant une main ferme.

Encore saisie par son apparition, Alice lui remit son carnet sans discuter et la vit plonger le nez dedans. Angélina soupira, hocha la tête, se gratta l'épaule (avec des ongles vernis de noir), secoua la tête, marmonna, soupira de nouveau, puis remonta ses lunettes avant de la regarder.

— Ben dis-donc, il y a vraiment de tout, dans votre liste.

Pétrifiée, Alice rentra la tête dans les épaules.

— Et… ce n'est pas bien ?

— Bof ! Toute façon, pour un même livre, vous aurez autant d'avis que de lecteurs. Il faut vous faire votre opinion vous-même. Vous apprendrez avec l'expérience. Bon, on va déjà voir ceux qu'on a.

Commença alors une étrange chorégraphie dans la boutique, faite de petits pas et de livres passant de main en main. Au début, Alice se contenta d'empiler entre ses bras les ouvrages que lui sortait la Fée Electricité, dans un équilibre de plus en plus hasardeux avec ses béquilles. Mais Angélina s'arrêta net pour la fixer, les poings sur les hanches :

— Vous allez tout prendre ?

Au ton réprobateur, la réponse était clairement contenue dans la question. Alice fit donc docilement signe que non.

— Alors choisissez déjà parmi ceux-là, insista Angélina.

— Mais… comment faire ? se désespéra Alice.

Angélina lui prit la pile et la posa délicatement sur une table où elle lui fit de la place avant de lui remettre un volume entre les mains.

— Vous le regardez. Vous le touchez. Vous lisez le résumé à l'arrière. Vous l'ouvrez et lisez quelques phrases. Au début, au milieu ou à la fin, comme ça vous chante. Bref, vous faites connaissance, et vous voyez si ça matche entre vous.

Perplexe, Alice observa l'objet entre ses mains, dubitative. Faire connaissance ?

— Un livre, c'est comme une personne. Vous en croisez des centaines par jour, mais toutes ne vous donnent pas envie d'aller plus loin. Tout dépend de leur aspect, de ce que leur apparence dévoile de ce qu'elles sont. Inconsciemment, vous êtes aiguillée par une posture, une moue, un geste, qui vous intrigue ou vous repousse. C'est ça, un livre : une rencontre. En picorant dedans, vous saurez si vous avez une chance d'être sur la même longueur d'onde.

Angelina parlait des livres comme s'il s'agissait de ses enfants de cœur. Mais ses arguments faisaient mouche. C'était finalement un exercice qu'Alice connaissait. Professionnellement, elle avait passé des années à chercher entre les lignes des lettres de motivation et les sourires pleins de trac ce qui se tramait vraiment. Capter le langage corporel, elle savait. Alors si ces feuilles de papier étaient un corps et les mots imprimés en noir des costumes qui abritaient une âme, elle avait probablement toutes les compétences pour faire le tri. Elle allait faire comme derrière son bureau : suivre son instinct. Pour se mettre en condition, elle demanda une chaise à Angélina et s'installa confortablement. La pile de postulants devant elle, elle commença ses entretiens d'embauche. Et oui, finalement, c'était assez simple. Si ce qu'elle picorait lui donnait envie d'aller plus loin, elle le plaçait sur sa droite. Si elle sentait un blocage, comme l'ombre d'un ennui ou d'un rejet, elle le repoussait sur sa gauche. Et quand elle hésitait, elle le laissait au milieu, face à elle : ceux-là auraient besoin d'un second rendez-vous pour la convaincre.

Angélina était d'une efficacité redoutable. Elle embarquait la pile des recalés pour les ranger en rayon et continuait à l'approvisionner en nouveaux candidats, suivant toujours sa liste. Alice vit bien qu'elle ajoutait quelques surprises de son cru, mais elle fit mine de l'ignorer et les expertisa avec la même concentration. Elle annotait au fur et à mesure sa liste, rayant, cochant ou ajoutant un point d'interrogation. Quand la table fut vide, Alice avait mal à la nuque. Elle détendit ses cervicales en faisant tourner sa tête puis avisa la montagne d'élus. Et poussa un grand soupir. Il y en avait une tonne !

Angélina lui tapota l'épaule avec compassion.

— Bienvenue dans le monde de la lecture !

Dépitée, Alice se dit qu'elle allait devoir, ici aussi, faire un sérieux dégraissage, quand une ombre se dessina sur ses mains.

— Vous allez vraiment prendre tout ça ?

Alice releva la tête et découvrit Pierre, une fois de plus prêt à exploser de rire. Elle pointa un index accusateur vers lui.

— C'est votre faute, tout ça ! Quelle idée de me traîner dans une bibliothèque !

Il se laissa aller à rire sans complexe.

— Vous ne seriez pas un brin excessive de nature ?

Alice, qui se lassait d'entendre ce genre de propos depuis son enfance, revêtit un masque d'une innocence absolue.

— Pas du tout. Mais j'aime faire les choses correctement.

— Ah oui, je vois ça ! Angie, tu devrais avoir honte de profiter de son inexpérience !

— On a un loyer à payer, sans compter mon salaire, rétorqua Angélina sans se démonter.

— J'en emporte cinq aujourd'hui, décida Alice. Vous pouvez me mettre les autres de côté ?

Faire une sélection, même provisoire, était un véritable arrache-cœur. Prendre l'air lui fit donc le plus grand bien malgré ses épuisantes béquilles. Pierre portait gentiment son sac de livres et ils s'installèrent spontanément à une terrasse pour boire un verre. Alice était tout heureuse de pouvoir lui raconter sa lecture de *Marlène*, son exploration des groupes de lecture, cette liste qui n'en finissait pas de s'allonger. Apparemment, cela s'appelait une PAL, une « pile à lire », et son simple carnet était en fait une « wishlist », soit la promesse de mille découvertes qui l'attendaient sagement.

— Tu as un autre auteur moins poignant à me conseiller ?

Il ne releva pas le tutoiement qui lui était venu si spontanément. Pierre but une gorgée de bière, lécha la mousse déposée sur sa lèvre et joua avec son verre.

— Essaye John Irving.

— Quel titre ? demanda aussitôt Alice en dégainant carnet et crayon.

— *L'hôtel New Hampshire. L'œuvre de Dieu la part du Diable. Le monde selon Garp. La veuve de papier.*

— Tout ça ? s'affola Alice

— Alice, tu n'as pas d'examens à passer ! Ce sont des possibilités. Mais il en existe des milliers. Musarde au gré de tes inspirations et de tes envies.

— Mais... Mais j'ai tellement de retard !

— Même en commençant à dévorer des livres dès l'enfance et en ayant un rythme effréné, une vie ne suffirait pas à lire tous les livres qui le méritent. Regarde Philippe Roth !

— Quoi, Philippe Roth ? C'est qui encore celui-là ?

— Un auteur américain de grand talent. À lui tout seul, il a écrit soixante-dix livres.

Alice devint blême. Elle avait soudain l'impression d'être perdue au milieu de l'Atlantique en pleine tempête, et d'être ballottée dans des vagues plus hautes que la Tour Eiffel.

— Concentre-toi sur l'instant, Alice. Parce que si tu arrives à faire exister cet instant, alors tout sera possible.

— C'est de toi ?

— Non. De Philippe Roth.

Alice renonça à noter son nom et soupira.

— Alain va encore râler que je m'amuse beaucoup mais que je ne cherche pas de travail.

— C'est qui, Alain ?

— Mon compagnon. Et lui ne lit que des bilans comptables. Enfin... Comme moi jusqu'à la semaine dernière, en fait. Tiens, le voilà d'ailleurs !

Alice venait de l'apercevoir sur le trottoir d'en face, qui s'approchait de son immeuble. Elle lui fit de grands signes et il traversa pour les rejoindre.

— Alors, c'est vous le pompier qui l'arrachez à l'étreinte glacée du mojito ? demanda Alain avec un sourire.

— J'avoue ! s'exclama gaiement Pierre.

Ils se rassirent et se mirent à bavarder spontanément. Ils parlèrent de la météo, du dernier match de foot, de politique. Alice s'ennuyait ferme. Son téléphone vibrait sans cesse dans sa poche, et comme ni le premier ni le deuxième homme ne semblaient se rendre compte de sa présence, elle le sortit pour comprendre ce qui s'agitait comme ça. Elle ouvrit des yeux ronds en voyant le nombre de notifications qu'elle avait. Et encore plus en prenant connaissance de leur contenu. Ils se rappelèrent enfin qu'elle était avec eux.

— C'est quoi, tout ça ? interrogea Alain.
— Des publications de mes groupes de lecture.
— Hum. Ça en fait un paquet, non ?

Alice hocha la tête et décida de faire du tri.

— À combien de groupes t'es-tu abonnée ? demanda Pierre, qui regardait les messages avec intérêt.

— Trente-sept, marmonna Alice.

Et bien sûr, il explosa de rire.

— Elle est toujours aussi passionnée ? se moqua-t-il en se tournant vers Alain.

— Disons que tout ce temps libre a tendance à amplifier ce trait de caractère. Le travail la canalise, répondit celui-ci avec un sourire.

Alice allait les envoyer balader, ces deux gars qui se moquaient d'elle, quand elle vit toute la tendresse dans le sourire d'Alain. Elle eut le sentiment de fondre et d'ouvrir ses ailes en même temps. C'était une sensation bizarre, un peu contradictoire, cette envie de ronronner cohabitant avec cette pulsion de transformation. Parce qu'à cet instant précis, elle prit conscience qu'Alain, même s'il essayait de mettre des garde-fous, aimait cette excentricité qui se révélait après des mois de sagesse trop paisible.

Ils finirent par dîner tous les trois en terrasse. C'est qu'ils se sentaient bien, dans ce bistrot de quartier où Alice n'avait jamais pris le temps de s'arrêter jusqu'à ce jour. Les gens buvaient un verre ou mangeaient en s'interpellant d'une table à l'autre. Certains jouaient aux fléchettes. Il y avait même un couple qui dansait au bout du comptoir. Et le repas était délicieux, avec des produits frais et simples qui changeaient agréablement du traiteur italien. Si Alice devait manger un risotto de plus, elle allait se transformer en grain de riz. Pierre semblait être un habitué, parce que de temps en temps, il se levait pour saluer un voisin. En fait, Alice découvrait qu'il existait au pied de son immeuble tout un village. Et la compagnie était bien plus détendue que leurs amis un peu trop guindés.

Quand ils montèrent enfin se coucher, Alain la prit dans ses bras avec une tendresse inhabituelle pour l'embrasser, plein de passion. Whoua ! Ça c'est un baiser, s'émerveilla Alice. Comme si les étincelles de leur rencontre se réveillaient après avoir été trop sages. Tout cela remplit Alice d'une énergie impossible à canaliser en restant sagement allongée près d'Alain, qui s'était endormi après l'avoir aimée avec une fantaisie rafraîchissante.

Elle se faufila hors des draps en catimini, et alluma son ordinateur. Elle commença par faire le tri dans ses abonnements. En fait, elle n'en garda qu'un, celui de ce groupe qui l'avait accueillie si chaleureusement. Et se plongea dans les dernières notifications. Elle fit un voyage au Kenya grâce à des photos, nota trois suggestions de lecture supplémentaires, se demanda s'il était raisonnable d'apprendre la broderie pour participer à un jeu, encouragea une autre abonnée qui angoissait pour le concours professionnel qu'elle s'apprêtait à passer. Elle était tellement immergée dans les liens qu'elle sentait se tisser un peu plus à chaque échange, que c'est tout naturellement qu'elle se leva pour aller fouiller dans son tiroir à chaussettes à la recherche de sa plus jolie paire. Il y avait dans le groupe un jeu pour les comparer, et cela faisait trop longtemps qu'elle n'avait pas joué. Alain se réveilla en sursaut et se frotta les yeux alors qu'elle prenait fièrement une photo de ses pieds parés de petites étoiles dorées.

— Ali ? Mais qu'est-ce que tu fabriques ?
— Euh… Je prends mes chaussettes en photo.

Il jeta un œil vers la table de nuit.

— À minuit ?
— Désolée de t'avoir réveillé. Rendors-toi.

Elle fila hors de la chambre. Alain se leva, simplement vêtu d'un pantalon de coton et le visage ensommeillé.

— C'est pour faire quoi, cette photo ? Tu es sûre que ça s'arrêtera là ?
— Il est aussi question du pyjama, mais tu sais bien que je n'en ai pas. (Consciente des yeux écarquillés d'Alain, et de l'aspect peut-être un peu tendancieux de sa réponse au premier abord, Alice revint vite au thème précédent.) Tu te rends compte qu'il existe des chaussettes qui entourent chaque orteil comme des gants ? Il paraît que c'est très confortable. Et je n'avais jamais fait attention… Mais tu as vu comme les miennes sont tristes ? A part ces étoiles, je n'ai que des noires !

— C'est plus pratique à assortir, non ?

— Oui, c'est pratique. Mais ça manque de fantaisie. C'est d'un glauque !

— Alice, si je te promets de t'en offrir des multicolores dès demain, tu veux bien venir te coucher ?

Alice accepta. Pas pour le cadeau promis, mais pour le plaisir de se rendormir en écoutant les battements de cœur d'Alain résonner dans son oreille. Quand il se leva pour aller travailler le lendemain, elle dormait encore comme une souche.

Mais ce jour-là, elle avait quelque chose de sérieux à faire. Même si elle n'avait pas la moindre envie de s'y plier alors qu'il lui semblait être en pleine exploration d'une nouvelle vie.

Assise dans un bureau triste et réglementaire, elle fit face à sa toute nouvelle conseillère Pôle Emploi. À vrai dire, c'était bien la première fois qu'elle avait une conseillère à elle, et cela la mettait de bonne humeur. D'autant que la jeune femme débordait d'énergie et d'enthousiasme.

— Bon alors, madame, il me semble qu'avec un CV pareil, votre cas va être très facile à traiter. Vous avez déjà examiné les offres d'emploi ?

Alice avait été bien trop occupée pour chercher du travail : les multiples facettes d'elle-même qu'elle découvrait jour après jour étaient bien plus importantes à ses yeux. Mais elle avait quand même un début de réponse.

— Je ne veux pas continuer dans les ressources humaines.

— Mais…

La conseillère resta la main en l'air au-dessus de son clavier et remonta ses lunettes avant de la fixer. Elle fronçait les sourcils et Alice pouvait presque voir les arguments se mettre en ordre de marche derrière son front.

— Madame, vous avez pourtant un très beau parcours qui vous permettra de retrouver une place facilement.

— Sûrement. Mais je veux changer de voie. Je ne veux plus jamais être un détergent.

Il lui fallut un moment pour expliquer son point de vue, parce que le simple mot de « détergent » n'était manifestement pas très clair hors contexte. Elle lui parla aussi de Pierre le pompier, de sa voisine gitane orthophoniste, de son voisin infographiste à la cool, de la bibliothèque, d'Angélina Fée électrique et du bistrot *Chez Nelly* où ils avaient passé une si bonne soirée. Elle ne parla pas des chaussettes, par contre, pensant que cela risquait de décrédibiliser sa démarche. Sa conseillère finit par hocher la tête et poser la question clé :

— Alors du coup, vous avez pensé à quoi ?

Ce fut au tour d'Alice de froncer les sourcils pour réfléchir. Puis elle trouva la seule bonne réponse qu'elle put donner ce jour-là :

— Je ne sais pas, assura-t-elle avec un grand sourire.

Stéphanie, sa toute nouvelle conseillère personnelle, se gratta la tête, remua des dossiers puis poussa un petit soupir.

— D'accord. Alors, cherchez. Et on se revoit dans trois semaines.

Elles se serrèrent la main et se quittèrent de fort bonne humeur, en tout cas Alice. Elle n'était pas du tout inquiète pour ses recherches. Au travers de ses lectures, elle allait pouvoir être tout et tout le monde, et découvrir ce qui la faisait vibrer.

— Mais qu'est-ce que tu racontes ? s'exclama Alain, qui l'avait rejointe *Chez Nelly* pour dîner. Quel rapport entre ta passion toute neuve de la lecture et le choix d'une voie professionnelle ?

— À travers les livres, je peux tout tenter… Travailler dans un bureau, dans un magasin, partir vivre à la campagne, m'engager dans l'humanitaire, devenir artisan, maîtresse d'école, entrer dans la police… je peux faire ce que je veux ! Donne-moi n'importe quel exemple, et je suis sûre que je peux trouver un livre sur ce thème pour savoir si cela m'intéresse vraiment ou pas. Et en plus je saurai comment cela se passe, les avantages et les inconvénients, si cela me plaît ou pas... (Elle lui tapota la main.) La vie est belle, ne t'inquiète pas !

Alain avait l'air consterné et perplexe. Mais Alice décida de ne pas lui en vouloir d'essayer de doucher son enthousiasme en la raisonnant. Un homme capable d'offrir un énorme bouquet de chaussettes multicolores attachées à des tiges nouées par un gros nœud de satin ne pouvait pas rester insensible longtemps à la créativité de sa nouvelle démarche.

En rentrant, Alice ouvrit sa boîte aux lettres, prête à jeter directement à la poubelle les prospectus qui s'y glissaient malgré son autocollant de protestation. Mais elle découvrit de jolies enveloppes où son nom était tracé à la main. Elle les ouvrit délicatement sous l'œil intrigué d'Alain, et sa gorge se noua. C'était ses amies lectrices qui lui envoyaient des messages pour l'encourager dans ce passage difficile. Émue, elle avoua à Alain :

— C'est la troisième fois que je reçois des cadeaux comme ça.

— Des lettres ? interrogea Alain.

— Non. De la chaleur humaine pour repousser les nuages.

Décidément, les mots faisaient une entrée fracassante dans la vie d'Alice. Imprimés, ils la faisaient voyager et découvrir le monde et les hommes. Écrits à la main, ils illuminaient sa boîte aux lettres et tissaient des liens qui l'enrichissaient un peu plus chaque jour.

Cette nuit-là, alors qu'Alain dormait profondément, l'esprit saturé des chiffres qu'il ingurgitait à longueur de journée, Alice se plongea dans un livre qui lui parlait du langage des arbres et de leur vie secrète. Au petit matin, Alice aurait tout donné pour pouvoir se rouler dans un tapis de feuilles mortes craquantes à l'ombre d'un chêne bicentenaire et son petit balcon lui semblait étouffant. D'ailleurs, à bien y regarder, tout ce bitume et ce béton qui l'entouraient paraissaient soudain bien mortifères. Elle décida donc de filer prendre son petit déjeuner *Chez Nelly*, dont la terrasse était bordée d'énormes jardinières à la composition fantaisiste et poétique. Ce serait toujours ça de pris en attendant qu'elle soit libérée de son plâtre pour pouvoir aller se promener en forêt.

Elle sirotait son deuxième café quand son téléphone sonna et que sa conseillère, décidément aux petits soins pour elle, lui proposa de faire un stage chez un charpentier. Alice crut avoir mal entendu. Elle, debout sur un toit en train de soulever un gros marteau pour clouer des poutres ? C'était pour le coup une façon un peu tragique de se rapprocher de la forêt !

— Vous aimez les plantes ? interrogea immédiatement Stéphanie quand Alice lui parla de sa lecture nocturne.

— En tout cas j'ai découvert que ça m'intéressait, répondit prudemment Alice.

— Parfait. Allez tout de suite voir le fleuriste au coin de votre rue. Il vient de mettre une annonce pour un poste de vendeuse.

— Fleuriste ? paniqua Alice. Mais je n'ai aucune connaissance !

— Il accepte les débutants, affirma Stéphanie. Appelez-moi après votre entretien, conclut-elle.

Et elle raccrocha sans laisser le temps à Alice de se défiler. Elle n'avait pas vraiment le choix, elle devait suivre au petit bonheur la chance la voie qu'elle avait elle-même souhaitée. Juste pour voir. Elle se leva et se mit en route, fébrile. Elle allait passer au magasin pour une première approche. De toute façon, elle n'avait pas de CV sur elle, et son pied plâtré n'était pas un argument très convaincant non plus. Mais elle pourrait dire qu'elle avait essayé et recommencer tranquillement à papillonner au milieu de ses rêveries.

Alice se mit en route, un peu tendue quand même. Les bouleversements qui avaient transformé sa vie en moins de deux semaines battaient tous les records, elle qui avait suivi des rails bien droits pendant plus de trente ans. Quand elle entra chez le fleuriste, elle était trop préoccupée pour admirer les couleurs et les compositions qui l'entouraient. Pourtant, c'était une très belle boutique, même stressée elle s'en rendait compte.

Un homme robuste d'une quarantaine d'années apparut au fond, chargé d'une gerbe de roses d'un rouge profond qu'il vint déposer dans un vase. Il se redressa, frotta ses mains sur son tablier pour les sécher et lui sourit.

— Bonjour. Que puis-je faire pour vous ? (Il désigna son pied.) Vous souhaitez peut-être vous asseoir ?

— Euh… Non, merci. Je viens… Je viens de la part de Pôle Emploi. Pour le poste de vendeuse.

— Ah ! (Il l'étudia en silence un moment.) Vous avez de l'expérience ?

— Aucune, s'exclama franchement Alice. Ils m'envoient simplement parce que je viens d'être licenciée.

— Vous faisiez quoi ?
— Ressources humaines.

Il fronça les sourcils et se frotta le menton. Sa barbe mal rasée crissa sous ses doigts encore un peu terreux.

— Ils ont du mal avec les cases, chez Pôle Emploi, ou ils font des tests ?

Penaude, Alice changea d'appui sur ses béquilles et haussa les épaules.

— J'ai dit à ma conseillère que je voulais trouver une autre voie et que j'avais adoré le livre sur la vie secrète des arbres.

— Pourquoi voulez-vous bifurquer ?

— Parce que je ne veux plus jamais devoir virer quelqu'un.

Une douleur réelle perça cette fois dans la voix de Alice. Elle voulait bien accepter n'importe quelle reconversion, du moment qu'elle n'était plus la coupable, la méchante. Le regard scrutateur que l'homme posa sur elle la déconcerta. Comme s'il tentait de la sonder pour savoir ce qu'elle avait vraiment dans les tripes. Mais franchement, il pouvait toujours chercher, elle était en telle mutation qu'elle était devenue bien incapable de dire ce qu'elle était aujourd'hui. Une espèce de morceau de pâte à modeler avec des si et des peut-être qui pointaient dans tous les sens. Un vrai chantier.

— Bon, finalement, c'est peut-être un simple retournement de situation. Vous coupiez des têtes, vous apprendrez bien à couper des queues. (Il lui tendit la main d'un air décidé.) Je m'appelle Arnold. Vous commencez demain à 8 heures.

— Quoi ? Mais… mais… (Alice chercha désespérément un argument à opposer à la certitude d'Arnold.) Et mon pied ? finit-elle pas bredouiller.

— Vous travaillerez assise jusqu'à ce que ce soit guéri. À demain.

Et il repartit dans l'arrière-boutique, la laissant plantée là sur ses béquilles. Abasourdie, Alice sortit lentement, et ses pas boitillants la ramenèrent machinalement à la terrasse du bistrot où elle s'affala sur une chaise.

Quand la serveuse vint noter sa commande, elle choisit un mojito sans hésiter. Sa vie prenait un tournant imprévisible, chaque virage apportant une accélération inattendue comme sur un grand huit. Et tout avait commencé avec sa cuite, c'était elle la responsable de tout ça ! Alice pointait l'enchaînement d'évènements qui l'avait menée jusque-là sur le bout de ses doigts. La cuite l'avait menée à l'hôpital où elle avait trouvé ce fichu bouquin, lui avait fait rencontrer Pierre et son club de lecture. Cela l'avait également menée à ce groupe où elle s'était inscrite, qui lui avait fait pousser la porte de la librairie où Angélina avait mis entre ses mains ce livre sur les arbres.

Finalement, était-ce le livre ou le mojito qui avait tout bouleversé ? Elle ne pouvait pas « délire » les livres qu'elle avait dévorés, mais peut-être que si elle rebuvait cinq mojitos, elle pourrait annuler le charme qui s'était emparé de sa vie et remettre les choses en ordre. La question étant bien sûr de savoir si elle voulait vraiment revenir en arrière. Et devenir fleuriste, est-ce que cela lui plaisait ?

Elle sirotait son apéritif en réfléchissant à cette question, quand quelqu'un vint s'asseoir près d'elle. Elle tourna la tête et sursauta. Ce jour-là, Angélina avait les cheveux rouges.

— Alors, vous en êtes où de votre PAL ?

Alice suçota une feuille de menthe.

— J'ai bien avancé. Merveilleux ce livre sur les arbres que vous avez glissé dedans en douce.

— Parfait. Bon, je vais prendre un mojito aussi, je ne vais pas vous laisser boire seule.

Alice se fit la réflexion que boire seule ne lui réussissait peut-être pas vraiment, effectivement, et fut heureuse de trinquer son verre contre celui de la libraire. Elle échangeait à bâtons rompus sur les livres qu'elles avaient toutes les deux lus, ou qui leur faisaient envie quand elles se redressèrent toutes les deux en même temps sur leur chaise pour faire de grands signes. Alice avait vu Alain approcher, et Angélina interpellait Pierre qui rentrait chez lui, le nez plongé dans un livre même en marchant. Plus tard, ce fut Louise qui les rejoignit, entraînant l'infographiste croisé aux boîtes aux lettres dans son sillage. Et enfin débarqua Stéphanie, une baguette sous le bras. En voyant Alice en terrasse, elle vint aux nouvelles, et Ali dut avouer devant tout le monde qu'elle était désormais apprentie fleuriste.

Elle tenait sa réponse, finalement. Parce que son annonce était couronnée d'un grand sourire et d'une certaine excitation, comme une impatience de commencer. Elle guetta quand même la réaction d'Alain, mais il lui sourit tranquillement malgré son étonnement.

Nelly finit par leur apporter le plat du jour. Stéphanie déposa le pain sur la table assorti d'un bref « Mangez-le si vous voulez » qui le condamna aussitôt.

Quand Alain et Alice rentrèrent enfin se coucher, les étoiles brillaient depuis un moment dans le ciel, même si la lumière des lampadaires empêchait de les voir. Ils s'assirent côte à côte dans le canapé en se tenant la main. Puis Alain chuchota :

— Mais comment un livre a pu tout transformer si vite ?

Alice savait bien qu'Alain ne lisait pas. Ce n'était sûrement pas lui qui aurait dépoussiéré ses vieux volumes en cuir décoratifs, et il n'avait pas touché à tous ces nouveaux venus qui traînaient maintenant un peu partout dans la maison. Inquiète, elle se tourna vers lui dans la pénombre.

— Ça te dérange, tous ces changements ?

— Non. Au contraire. J'étais séduit par ton intelligence et ton caractère. Aujourd'hui je suis amoureux de cette force qui émane de toi, de ta vitalité. Comme si tout était possible. Que s'est-il passé, Ali ?

Elle resta un moment silencieuse, c'était d'abord pour elle-même qu'elle devait trouver la réponse. Mais finalement Alain l'avait donnée, il lui suffisait de la reformuler.

— Les livres m'ont réappris à rêver, et surtout à croire que les rêves pouvaient se réaliser.

Il embrassa sa main et ils allèrent se coucher. Ce soir-là, Alice ne lut pas. Elle était épuisée par les émotions de la journée, par ce dîner improvisé qui avait rassemblé les plus belles rencontres qu'elles avaient pu faire ces derniers jours. Comme la découverte d'une famille, une famille de cœur qu'elle avait choisie, et où elle avait sa place. Où elle pouvait oser devenir ce qu'elle voulait au fur et à mesure de son évolution, et pas juste ce qu'elle paraissait être. Alain paraissait déstabilisé, un peu dépassé par les évènements, et en même temps amoureux, un mot qu'il n'avait jamais prononcé avant. Elle s'endormit facilement malgré toutes ces réflexions. Après tout, elle avait un nouveau travail à apprendre dès le lendemain matin. Et c'était bien agréable de mettre le réveil pour découvrir un nouvel univers.

Au milieu de la nuit, quelque chose la perturba. En sortant des limbes du sommeil profond où elle reprenait des forces, elle réalisa qu'elle était seule dans le lit, et que la place d'Alain était froide. Elle quitta la chaleur de la couette pour le chercher, silencieuse sur ses pieds nus. Elle le découvrit dans le salon, allongé en boxer sur le canapé, un café et une tablette de chocolat éventrée sur la table basse.

Il lisait.

Il leva les yeux en devinant sa présence et eut un sourire joyeux.

— Ben quoi... Il n'y a pas d'âge pour réapprendre à rêver !

≈

Puisque le thème de ce recueil est la lecture, j'ai eu envie de tisser mon histoire autour de quelques-uns des livres qui habitent ma bibliothèque et qui m'ont marquée d'une façon ou d'une autre. Avec eux, j'ai ri, pleuré, rêvassé, appris, angoissé, aimé, vibré. Les avez-vous reconnus au détour des phrases ? Pour rendre justice aux auteurs à qui j'ai emprunté ces fragments d'histoire, en voici la liste :

Quelqu'un d'autre, Tonino Benacquista — Bienvenue en enfer, Ozren Kebo — Fendre l'armure, Anna Gavalda — Le dieu des petits riens, Arundhati Roy — Droit devant toi, Henri Girard — Maudit karma, David Safier — La mauvaise habitude d'être soi, Martin Page — Un lieu incertain,

Fred Vargas – Comme un roman, Daniel Pennac – La joie de vivre, Emile Zola – Si c'est un homme, Primo Levi – Burn out, Didier Fossey – Nulle autre voix, Maïssa Bey – Les oubliés du dimanche, Valérie Perrin – Les enfants de cœur, Heather O'Neill – L'arrache-cœur, Boris Vian – Le deuxième homme, Hervé Commère – Ça c'est un baiser, Philippe Djian – La vie est belle, ne t'inquiète pas, Agnès Martin-Lugand – La vie secrète des arbres, Peter Wohlleben – Au petit bonheur la chance, Aurélie Valognes – Avec des si et des peut-être, Carène Ponte – Mangez-le si vous voulez, Jean Teulé.

Il restait un livre dont j'avais envie de parler. *Le passeur de lumière* de Bernard Tirtiaux raconte, dans une grande épopée à travers le monde, la vie d'un maître verrier au Moyen Âge. Ce livre m'a fascinée. Avec cette lumière qui traverse chaque morceau de verre coloré et en ressort transformée. Et il m'est apparu que les auteurs sont en quelque sorte des passeurs de lumière. Ils apportent un éclairage différent sur ce qui nous entoure et grâce à eux notre pensée s'enrichit. Et chaque lecteur, en échangeant et partageant ses lectures avec d'autres lecteurs, fait voyager aussi cette lumière. Alors il m'a semblé que ce terme de « passeur de lumière » était une très belle métaphore de ce que nous apporte la lecture.

À chaque page lue, c'est nous qui sommes un peu transformés par les mots qui nous ont traversés.

Emilie Riger a pratiqué de multiples métiers, depuis historienne de l'art jusqu'à diététicienne. Son écriture se nourrit de ces univers qu'elle a explorés et de tous ceux qui lui restent à découvrir.

Sous le nom d'Emilie Riger, après avoir gagné le concours de nouvelles de Quais du Polar de Lyon en 2018 avec « *Maux comptent triple* », elle remporte le Prix Femme Actuelle Feel Good pour son roman « *Le temps de faire sécher un cœur* ».

Sous le pseudonyme d'Emilie Collins, elle est l'auteure d'histoires aussi piquantes que douces : « *Les Délices d'Eve* », « *Cœur à Corps* », « *Notre part de Magie* ».

Elle vit dans le Loiret, un endroit parfait pour élever ses trois petits lutins.

La bibliothèque

Rosalie LOWIE

Il faudra me passer sur le corps ! hurla Papi Loup, en brandissant un poing rageur alors que de l'autre il stabilisait son équilibre chancelant sur sa canne Derby en bois de hêtre.

« *Papi Loup* », c'était ainsi que sa première petite fille, Diane l'appelait. Au début, plus par difficulté de prononcer son prénom composé, Pierre-Loup. Mais, aussi parce que c'était son grand-père et qu'elle trouvait mignon de l'imaginer en « *loup câlin* ». Depuis, c'était resté.

– Tout de suite, les grands mots, soupira Maya.

Jasmine se précipita, fit asseoir leur père dans le fauteuil de la bibliothèque. L'inquiétude d'une mauvaise chute se lisait dans son regard clair. D'une voix douce, elle tenta de calmer le jeu, même si sa sœur dressait des yeux noirs d'agacement au plafond.

– Il faut prendre l'essentiel, papa, répéta Maya. Les choses auxquelles tu tiens le plus ou qui te rappellent maman. Cette maison est tellement vaste. Nous ne pourrons pas tout emporter dans ton nouvel appartement…

— Un mouroir, tu veux dire ! siffla le vieil homme, le teint enflammé.

— Un mouroir de luxe alors, renchérit Maya, en secouant brusquement ses bracelets à ses poignets. Quand on sait le prix de la pension complète…

Jasmine décocha un coup de coude à sa sœur, lui intimant l'ordre de ne pas jeter d'huile sur le feu. Du coup, Maya se détourna. Elle alla se planter à la fenêtre, passer sa mauvaise humeur.

Les deux sœurs étaient aux antipodes l'une de l'autre, tant dans le style de vie que dans la façon d'envisager leur père. Avec sa famille nombreuse, son sens exacerbé du bénévolat pour des causes diverses et variées, mais aussi afin de remplir ses journées de femme au foyer, Jasmine la douce transpirait la bienveillance. Maternelle avec tout un chacun, elle n'envisageait que la gentillesse, la famille dans son collectif et les sempiternels compromis où chacun y trouvait son compte. Avec l'objectif chevillé au corps de préserver l'équilibre familial quoiqu'il lui en coûtât. Jamais un mot plus haut que l'autre, malgré cinq enfants de douze à vingt-cinq ans et un mari débordé par son travail dans une banque. Au final, ils ne roulaient pas sur l'or, mais le bonheur était ailleurs. Dans les cœurs, les rires et les joyeuses chamailleries.

En revanche, Maya, célibataire, indépendante, carriériste, n'envisageait que sa seule personne. Depuis son loft dans Manhattan, elle poursuivait sa réussite dans les relations publiques, tout en profitant des plaisirs luxueux que lui offraient ses revenus confortables. Elle rentrait rarement en France. La famille n'avait que peu de sens à ses yeux et pour son cœur. Enfin c'était ce que son attitude laissait transparaître. L'important consistait à courir le monde, le découvrir et se l'approprier. Toujours en jet-lag entre deux avions. Le masque de sommeil sur les paupières, s'endormir n'importe où et pouvoir instagramer ses instants de bonheur inaccessible à en rendre jaloux ses nombreux followers sur la planète.

— Nous pouvons prendre tes livres fétiches, reprit Jasmine en lui caressant l'épaule.

— Toute ma bibliothèque sinon rien ! rétorqua Papi Loup en rentrant son menton dans sa poitrine, à l'instar d'un gamin vexé.

— Écoute papa, fit Maya, d'un air grave. Tu dois te faire une raison. Tu ne peux plus rester vivre ici dans cette maison immense. Sois un peu raisonnable. Fais une liste de ce que tu veux prendre.

Nous devons te déménager dans la semaine. Je repars à New York ce week-end.

— Des menaces ? Il m'aura fallu vivre jusqu'à aujourd'hui pour vous voir faire le sale boulot, me jeter hors de chez moi et me déposséder de mes biens les plus précieux.

— Et puis, tu n'y vois plus très clair, renchérit-elle sèchement, alors à quoi te serviront tous ces livres ! À rien.

— Insolente ! hurla-t-il, rouge écarlate. Mais pour qui te prends-tu ? Je ne veux plus rien entendre ! Fichez-moi la paix !

— Bon, je sors fumer une cigarette, maugréa-t-elle en claquant de rage ses bottes Jimmy Choo sur le parquet.

Puis, en passant près de sa sœur qui se tenait un visage bouleversé à deux mains, elle lui chuchota, les mâchoires tendues.

— Fais quelque chose, cette situation me tape sur les nerfs. Il devrait être content qu'on se préoccupe de lui.

Une fois tous les deux, Jasmine vint s'agenouiller auprès de son père. Elle lui prit la main avec délicatesse puis dressa des yeux d'une infinie douceur vers lui. Le teint brouillé, il ne décolérait pas. L'agitation était perceptible dans sa poitrine et jusqu'au bout de ses doigts. Surtout ne pas emballer son cœur de vieil homme. Elle souhaitait le préserver, mais la décision longtemps repoussée devenait inévitable. L'âge altérait ses facultés à se mouvoir, sans sa canne, marcher devenait ardu. Papi Loup avait d'ailleurs accepté d'installer sa chambre au rez-de-chaussée de la maison, de peur d'une chute malencontreuse dans les escaliers raides. Son autonomie à se gérer jour après jour s'amenuisait. Il avait besoin d'être aidé. Sa mémoire défaillait. Il mélangeait de plus en plus les choses du quotidien et emmêlait les souvenirs dans une pelote de nœuds. Sa vue aussi se dégradait au point que lire un livre s'avérait quasiment impossible. Un crève-cœur pour ce féru de lecture. Jasmine en avait conscience, alors que Maya s'en fichait royalement ou faisait tout comme, tellement pressée à courir sa vie et celles des autres.

Ça rendait Jasmine terriblement malheureuse de réaliser son impuissance à adoucir les vieux jours de son père. Elle posa sa tête sur ses genoux, comme quand elle était enfant. Il glissa ses doigts dans ses cheveux ondulés et lui caressa le cuir chevelu. Un doux silence les enveloppait.

— Ta mère me manque, murmura papi Loup.
— Moi aussi.
— Elle fleurissait le jardin, la maison. Les rosiers qui faisaient sa fierté sont à l'abandon. Un terrible foutoir règne dans ses parterres. Hum… Cette demeure n'est plus la même sans elle. Sans vous et vos rires d'enfants.

La gorge nouée, Jasmine cherchait les mots susceptibles d'apaiser sa tristesse. Mais rien ne lui venait. Sa solitude resplendissait dans sa plus pure cruauté.

— Je veux bien aller dans cet appartement que vous m'avez trouvé, poursuivit-il d'un ton résigné. J'ai conscience qu'ici, ça n'est plus possible. Le vieux bonhomme que je suis devenu commence à trouver dur de se débrouiller seul dans cette énorme maison.

Un soulagement l'envahit. Jasmine redressa alors le visage, lui offrant un regard plein de bonté. Il se rangeait sagement à leurs avis. Une bénédiction et un puissant réconfort pour elle. Même si elle vivait à côté. Embarquée dans le tourbillon de sa vie, la proximité ne facilitait pas toujours les choses, même les plus évidentes. C'était sans parler de sa sœur de l'autre côté de l'Atlantique. Autant dire à des années-lumière d'ici.

— Je veux prendre l'alliance de votre mère, sa broche de rubis, sa montre, sa brosse à cheveux, son miroir à main, son album de photos, le rouge…

Jasmine pressa sa main. Ses lèvres dessinaient un sourire. Son cœur se gonflait de gratitude.

— Sans souci, je m'en occupe.
— Attends, je n'ai pas fini. Je veux aussi mon fauteuil en cuir…
— D'accord.
— … et ma bibliothèque.
— Papa… miaula Jasmine, en écarquillant des yeux déconcertés par son entêtement. Il n'y a pas la place dans ton nouvel appartement.
— Ta mère n'est plus là, dit-il d'une voix ferme n'acceptant pas la contradiction. Avec ta sœur, vous avez vos vies. Je vous vois en coup de vent. Enfin toi, un peu plus, car tu habites tout près. Ça n'est pas un reproche, ma chérie. C'est juste ainsi. C'est la vie. Vous avez la vôtre à vivre et j'ai la mienne à finir. Il ne me reste plus que *mes* livres. Je veux donc *les* emporter avec moi. Pour le reste,

faites ce que bon vous semble de la maison et de tout ce qu'elle contient. Je m'en fiche.

La nuit était tombée, recouvrant d'un silence empesé la maison de famille. Les sœurs discutaient à la cuisine. Papi Loup n'était pas venu dîner, prétextant être barbouillé.

En réalité, la tristesse emplissait sa poitrine. La fatigue aussi. Ou plutôt une lassitude absolue.

Enfermé dans son bureau aux murs tapissés de rayonnages de livres, il s'affichait comme le gardien d'un précieux trésor attisant la convoitise. Surtout ne pas baisser la garde afin d'éviter que ces centaines d'histoires brochées aux jolies couvertures en cuir, en tissu ou cartonnées ne lui soient subtilisées. Ça n'était pas envisageable. Il en crèverait à petit feu sinon. Ses filles ne comprenaient pas. Il ne leur en voulait aucunement d'ailleurs. Seuls les amoureux des mots, les adorateurs de récits, d'intrigues, de romances, d'aventures en tous genres, les renifleurs de papier, seuls les lecteurs pouvaient comprendre sa passion. Feue sa femme avait pénétré son cœur et saisi l'essentiel. Du coup, elle l'avait encouragé en lui confectionnant cette pièce rien que pour lui. Son jardin secret. Puis au fil des ans, elle l'avait alimenté, en lui offrant des livres. Toujours plus. Des nouveautés, des classiques, des contemporains, des policiers, des politiques, des scientifiques, des biographies, même des érotiques. Papi Loup feuilletait les pages avec avidité et curiosité. Sans jamais se lasser. Une vie ne lui suffirait pas à assouvir son appétit de lecture. Tant de livres, si peu de temps.

Rencogné dans son fauteuil Chesterfield, les paupières closes, Papi Loup percevait son épouse à ses côtés, allongée sur la banquette. Sa respiration ralentie. Son parfum vanillé. Les gestes lents sous le châle nonchalamment jetés sur ses épaules menues. Elle adorait l'entendre lui conter ces histoires contenues au gré des mots enfilés comme autant de rangs de perles rares. Sa voix chaude, au grain rocailleux, les emportait par-delà le monde, à des époques si différentes. Colorées, ternes, glauques, paisibles. Un jour un homme, l'autre une femme, un enfant, un héros, un zéro, ou un être merveilleusement ordinaire. D'aventures en romances, l'amour ou la haine n'était jamais loin. S'inventer des vies au rythme de celle des autres. Se coudre des capes étoilées et se bagarrer. Le poing affûté, les phalanges esquintées. Puis mourir d'autant de morts possibles que de scénarios. Vivre (ou survivre) dans un monde qu'on n'imaginerait jamais pouvoir toucher du doigt. D'îles désertes en palais de rois. Rire à en faire sursauter les oiseaux endormis sur les branches des arbres. Pleurer les larmes de son corps, avoir mal aux tripes (terriblement) pour ces êtres invisibles, mais bouleversants, poignants, dramatiques. Parfois largement plus visibles que sa propre vie à soi.

La lecture emportait tout sur son passage. Le temps en perdait sa notion. Même les rêves voyaient refleurir les récits, les émotions. Plus vrais que nature. Avec ce désir ardent de dévorer les pages, en découvrir toujours plus (allez, encore un chapitre) et parfois aussi, ralentir la lecture, savourer chaque détail, chaque mot. Repousser à demain le dernier chapitre, le mot fin. Noter les belles phrases, gorgées de poésie, qui chantaient à l'oreille, qui résonnaient puissamment dans nos vies, qu'on souhaitait lire, relire à s'en user la cornée. Caresser les couvertures des livres, les tourner, les retourner, les poser sur la table de chevet, près des nuits sans sommeil.

Lire c'était vivre, vibrer, rêver, voyager, aimer, détester, espérer, partager.

Et ne plus lire c'était mourir.

Papi Loup soupira en ouvrant ses yeux qui ne voyaient plus les mots. Un angoissant brouillard nappait sa vision dès le réveil, le jour durant, jusqu'à ce que la nuit accentuât le vide. La dégénérescence oculaire faisait son œuvre du diable. Une saloperie qui lui bouffait la vie depuis peu. De plus, les médecins avaient confirmé l'irréversibilité de sa maladie, en haussant les épaules, d'un air entendu, au regard de son grand âge.

— À quoi bon, ma chérie ? murmura-t-il à l'âme de son épouse qui flottait dans la pièce. À quoi bon dépenser des fortunes pour cet appartement où je ne pourrai pas prendre mes livres ni même les lire. Maya la volcanique, Maya la perspicace, a raison. Elle ne s'embarrasse pas d'enrober la vérité. Non, elle la livre comme une évidence dure et brutale. Depuis toujours, depuis qu'elle n'est pas plus haute que trois pommes.

Un roman de format poche était posé sur ses genoux. Une femme en robe rouge échancrée flamboyait sur la couverture claire. Lennie, colosse au cœur pur et aux mains dévastatrices, lui apparut. *« S'il m'arrive une histoire, tu me laisseras pas soigner les lapins… Cacher dans les fourrés près de la rivière…. S'il m'arrive une histoire. »*. Papi Loup connaissait des passages par cœur de ce chef-d'œuvre de John Steinbeck[1], comme beaucoup d'autres. À force de les lire, de les relire. Mais sa mémoire fragile grignotait à présent les bandelettes de mots. Des trous perçaient de-ci de-là comme le feu dévorait le papier. Bientôt, il n'aurait plus rien à lui.

---

[1] *« Des souris et des hommes » de John Steinbeck*

— J'aimerais mourir ici, ma chérie, chuchota-t-il, les yeux gonflés de larmes. Maintenant. Enveloppé dans un cercueil de livres. Plus rien ne me retient sur ce lopin de terre. Et ainsi je viendrai te rejoindre, mon bel amour. La flamme de ma vie. Même si les corps sont poussière. Dis-moi que je retrouverai ton âme au-delà des nuages et nous flirterons, ma jolie, comme au premier jour, sur un lit d'étoiles phosphorescentes, à califourchon sur un croissant de lune ou accroché d'une main ferme à un rayon de soleil. Même si ça me brûle les doigts, je ne te lâcherai plus. J'en fais le serment.

La solitude lui pesait. De plus en plus. Être un fardeau pour ses filles n'était pas concevable. Mais, comment un être vieillissant, comme lui, pouvait-il attenter à ses jours. Il n'était plus capable de rien. Alors se suicider semblait tout bonnement impossible.

Soudain, il perçut la seule option qui s'offrait à lui. Ne plus s'alimenter. Il allait commencer dès ce soir. Ainsi, ses forces s'étioleraient lui permettant à terme de rendre son dernier souffle. Un fin sourire revint se glisser sur ses lèvres. De ses doigts secs, il caressa sa bouche fripée. La sensation d'un baiser humide venait de l'envahir.

— Oui, ma chérie, j'arrive.

Maya fumait trop. Postée à la fenêtre grande ouverte de la cuisine, la fumée blanche lui faisait comme une couronne de brume dans les cheveux.

— Tu es trop rude avec papa, disait Jasmine en sirotant sa tasse de thé. Ça va finir par le tuer…

— Et toi, petite sœur, toujours aussi nian-nian. Ce n'est pas un oisillon tombé du nid. Tu agis comme s'il était un gosse. Un de tes gosses. On ne peut pas tout résoudre par quelques bons mots, un chocolat chaud et une caresse sur le crâne. Regarde où ça les mène tes enfants cette éducation mollassonne. Diane, ton aînée, végète en fac de français et Alexis livre des pizzas…

— Et alors ?

— Diane est brillante, elle aurait pu faire mieux.

— Elle n'a pas ton ambition et puis ses études lui plaisent. Enfin, elles lui plaisaient… Elle est un peu perdue en ce moment…

— Du gâchis !

— Arrête, Maya, tu es méchante…

— Mais, Jasmine, grandis un peu. Papa a pris un sacré coup de vieux. Il faut le placer dès que possible, qu'il soit entre de bonnes mains. Ici, il risque de se fracasser le crâne ou de confondre une fenêtre avec une porte et se défenestrer.

Soudain, Jasmine repoussa sa tasse d'un geste agacé. Le breuvage marron valdingua et éclaboussa la table. Surprise, Maya marqua un temps d'arrêt. Sa sœur était d'un calme, d'ordinaire qui absorbait tous les à-coups comme un épais papier buvard. Elle aspira une nouvelle bouffée, curieuse de découvrir sa réaction.

— Tu sais *tout* mieux que tout le monde, n'est-ce pas ! claqua-t-elle, en l'incendiant du regard. Et tu fais *tout* mieux que tout le monde. Dis-moi, où étais-tu au décès de maman ?!

— Arrête !

— Bien sûr que non, Maya la merveilleuse, était à l'autre bout du monde. En Australie. À manger du kangourou et charmer un surfer !

— Arrête tes sarcasmes ! siffla Maya, l'air subitement plus mauvais qu'un serpent à sonnette.

— Tu n'es jamais là, même quand il est important que tu y sois. Et tu te permets de nous balancer tes conseils et tes boniments. Tu me fais chier, Maya, toi et ton pognon. Ton loft, tes voyages et tout le reste.

La cendre grossissait et se courbait au bout de la cigarette. Blême, Maya se prenait les mots, comme autant de coups de poing, en pleine face. Sa sœur si tendre, si faible, si cruche aussi, se durcissait en projetant ses réparties les unes après les autres.

Elle avait mis dans le mille. Parler du décès de leur mère lui était intolérable. Pire qu'un tournevis qu'on ne finissait pas de lui enfoncer dans le cœur. L'acte manqué d'une vie qu'elle ne saurait jamais réparer. Impossible de recoller les morceaux ou de rejouer la partition. Elle ne batifolait pas dans l'hémisphère sud, comme semblait le croire sa sœur, mais s'activait à décrocher un contrat pour sa boite. C'était sans doute pire. Sordide même. Cruel absolument. Et pourquoi au final ? Ce vide abyssal qu'elle ne comblerait jamais en elle. Revoir juste un instant le visage de sa mère chérie assoupi pour l'éternité, effleurer sa peau froide, caresser ses doigts rigides. Pleurer à ses côtés. L'accompagner jusqu'à la tombe. Voir défiler les souvenirs d'une enfance passée trop vite, effacée. Soutenir Papi Loup aussi. Pleurer encore, avec lui. Elle avait raté l'essentiel et la plaie ne se refermerait jamais.

— Je sais ce que tu penses de moi, reprit Jasmine, le teint empourpré. De ma famille, de mon mari, de mes gosses, de mes goûts étriqués, de mes fins de mois difficiles, de mes tenues ringardes, de mes cheveux mal coupés. De ma *petite* vie de province *ordinaire* de femme au foyer. Tout ce que tu détestes. Mais ton argent te rend-il plus heureuse ? Sais-tu seulement quelles sont les personnes *importantes* dans ta vie ?

— Tu as fini ? fit Maya, d'un ton glacial.

— Non, encore une chose, madame-je-sais-tout. Je me fiche de ce que tu penses de moi. Par contre, mettre papa dans cet établissement n'est pas qu'une simple formalité administrative. Il doit le faire en toute confiance.

— Mon argent est utile.

— Tu en as tout le tour du ventre du fric, alors tu peux bien faire ça. Je n'ai pas les moyens, je le reconnais. Mais, qui est présente tous les week-ends ou aux vacances pour papa ? Et maman avant ? Qui l'appelle tous les jours ? Et rapplique dès qu'il a besoin ? Pas toi ! À croire que tu as choisi New York à cause de la distance que cela met entre nous.

— Tu dis n'importe quoi…

— Dans ce cas, fais un truc bien pour papa. Au moins une fois.

Maya écrasa sa cigarette sur le rebord de la fenêtre, puis d'une pichenette l'envoya dans la nuit noire. Sans plus un mot, elle passa devant sa sœur et lui assena une gifle, puis sortit de la cuisine.

La main sur la joue brûlante, Jasmine fondit en larmes, accoudée à la table de la cuisine. Autant de violence contenue en elle depuis tant d'années venait de jaillir de sa poitrine, comme une mer agitée, un ressac puissant, déchaîné. Mais, elle était incapable d'assumer cette féroce vérité. Ça lui faisait mal d'avoir énoncé ces horreurs à voix haute. L'âpre ressentiment lui faisait l'effet d'un poison corrosif.

Devant elle, le mur se dressait imprenable. Le sentiment de ne plus savoir comment agir avec son père. Démunie et si seule à gérer cette douloureuse situation inextricable. Savoir trouver les mots. Le convaincre que c'était la meilleure solution pour lui. Comme il était terrible de devoir prendre le pas sur la clairvoyance de ses parents.

O ù est ta sœur ? demanda Papi Loup alors qu'ils prenaient le soleil, assis sur un banc, à l'ombre d'un chêne dans le jardin.

Maya avait pris son baluchon Vuitton, ses clopes et sa voiture de location, après l'épisode de la claque. Il s'était écoulé deux jours. Évidemment, Papi Loup n'était pas au courant qu'elles avaient eu des mots. Jasmine culpabilisait depuis lors. Comme toujours dès qu'elle renonçait aux compromis qui mettaient tout le monde d'accord et préservaient la sacro-sainte harmonie. C'était l'histoire de sa vie. La boule au ventre. À toujours ruminer les récriminations qu'elle ne dirait jamais. Car ensuite, elle ne parvenait pas à endosser avec sérénité les retours de flamme, les rancœurs ou les regards tristes.

— Je ne sais pas, finit-elle par répondre. Tu sais comment elle est. Elle part comme elle vient.

— Elle va revenir alors. Elle devait rentrer en Amérique ce week-end. Pas avant.

Plusieurs coups de fil et SMS, passés sur le portable de sa sœur, étaient restés sans réponse. Jasmine commençait à se faire un sang d'encre. Elle se résigna à appeler son bureau new-yorkais, baragouinant quelques mots d'anglais. Finalement, elle parvint à comprendre qu'elle n'était pas rentrée aux USA. Mais où était-elle ? À bouder ou dilapider ses dollars en soins dans un SPA de la région, à gommer au gant de crin les monstruosités qu'elle lui avait balancées. À la torturer de remords, sans aucun doute, la laissant mariner dans son jus. Malgré leurs discordances, Jasmine aimait sa sœur et ne plus avoir de nouvelles la rendait folle. D'autant que leur père avait perdu l'appétit. Elle avait beau l'inciter à manger un peu, le menacer d'aller chez leur médecin de famille, rien n'y faisait. Du coup, Jasmine perdait pied. Quelles décisions prendre ? Que ferait-elle toute seule ? Elle n'avait pas les sous qui payeraient la pension au centre pour son père. L'angoisse enflait alors qu'elle tentait de refouler les larmes de détresse. Surtout faire bonne figure. Mais en vain, son visage avait la transparence de l'eau pure. La moindre émotion était lisible par le moins empathique des individus.

— Laisse-moi donc, ma chérie, fit Papi Loup, qui ressentait son désarroi. Va rejoindre ta famille plutôt que de perdre ton temps avec moi. Ils ont besoin de toi.

— Ne dis donc pas de bêtises. Je vais te faire la lecture en attendant Maya.

Une douce chaleur s'engouffrait par la fenêtre ouverte de la bibliothèque, où Papi Loup passait ses journées. Enfoncé dans son fauteuil Chesterfield, la canne posée sur l'accoudoir.

— Que veux-tu que je te lise ?
— « *Julip* » de Jim Harrison. Troisième étagère à gauche.

D'un sourire amusé, Jasmine attrapa l'ouvrage aisément en suivant les indications fournies, tourna les premières pages et se mit à lire.

Le crissement des pneus sur le gravier l'extirpa de son sommeil. D'un coup d'œil à sa montre, elle constata qu'il était déjà neuf heures du matin, le lendemain. Elle avait raté le bord. Sautant du lit, Jasmine se précipita vers la fenêtre voir qu'elle était l'objet de ce tohu-bohu. Une camionnette de déménagement se gara devant la porte d'entrée. Deux types costauds en sortirent en claquant les portières. D'une voiture stationnée à côté, Maya apparut, décontractée, en jean, tee-shirt et baskets. Les cheveux noués en chignon flou au sommet du crâne surmonté d'énormes lunettes de soleil Balenciaga. Elle leur fit signe de la suivre à l'intérieur.

Aussitôt, Jasmine enfila ses vêtements de la veille et se rua dans le couloir à leur rencontre. Ils avaient déjà investi la bibliothèque et s'affairaient à ranger des piles de livres dans de larges cartons. Dans un ordre scrupuleux. Maya annotait les cartons une fois refermés et scotchés.

— Je te présente Kévin et Giovanni. Et voici ma sœur.

— Bonjour, firent-ils de concert.

— Bonjour, bredouilla-t-elle en rajustant ses fringues chiffonnées. Mais que fais-tu ?

— Papa veut sa bibliothèque, rétorqua Maya, sans un regard vers sa sœur, alors je déménage sa bibliothèque.

— Pour où ?

— Tu es quiche ou tu le fais exprès ?

— Mais, il n'y a pas la place dans l'appartement de la résidence…

— Si, répliqua-t-elle d'un claquement de langue. J'en ai fait.

— Ah bon…

Jasmine n'était plus sûre de comprendre. Elle revoyait les lieux pourtant. On pouvait tout juste mettre un pan d'étagère sur les cinq que comptait la bibliothèque.

— Ramasse les affaires de papa s'il te plaît. On l'embarque et on y va aujourd'hui. Tu vas voir, j'ai tout prévu. Avec une poignée de dollars, on arrange les choses.

Je veux monter dans la camionnette, insista Papi Loup, un voile d'excitation dans la voix. Je reste avec mes livres. Je ne sais pas ce que vous manigancez, mes chéries, mais je me méfie.

— On peut le prendre devant, avec nous, fit Kévin, compréhensif, en se hissant côté passager alors que Giovanni prenait le volant.

D'un haussement d'épaules, Maya acquiesça. Après tout, il n'y avait qu'une dizaine de kilomètres jusqu'à la résidence où Papi Loup vivrait désormais. Si ça pouvait le rassurer sur le bien-fondé de ses intentions, c'était tant mieux.

Kevin agrippa le vieil homme sous les bras, l'aidant ainsi à gravir les deux marches. Il s'installa à ses côtés, la canne entre les jambes. Après un dernier regard nostalgique vers la maison, il se laissa transporter. Les larmes n'étaient pas loin, mais ses livres, tous ses livres, étaient là, à l'arrière de la fourgonnette. Avec les étagères et son impressionnant fauteuil.

Les deux sœurs suivaient dans la voiture.

— Je ne suis même pas lavée ni maquillée, gémit Jasmine en recoiffant d'une main ses cheveux ébouriffés.

— Le naturel te sied à merveille, répliqua gentiment Maya. Alors que moi, sans mes crèmes et mes fonds de teint, je ne ressemble à rien…

Une bulle de délicatesse enveloppait leurs respirations alors que l'asphalte se déroulait sous le capot de la voiture.

*

Maya avait mis à contribution sa courte absence pour tout prévoir dans le moindre détail. Rapide. Efficace. Papi Loup avait obtenu l'appartement au bout d'une aile du bâtiment, attenant à une pièce de vie transformée en bibliothèque. La directrice rêvait de pouvoir offrir ce service à ses résidents, mais n'en avait pas le budget. Alors, forcément, elle avait accueilli l'idée avec enthousiasme. Dès lors, cette fantastique collection de livres s'avérait une aubaine hallucinante.

Les rayonnages occupaient deux murs entiers. L'imposant fauteuil Chesterfield s'acoquinait avec des chaises en plastique. Temporairement. D'autres, plus confortables, étaient en commande et seraient livrées dans deux semaines. Les pensionnaires seraient ainsi plus douillets pour leur lecture. Avec plusieurs lampes aussi et quelques objets de décoration. Ça n'était pas Byzance, mais la pièce prenait tout doucement l'apparence d'une authentique bibliothèque.

La main sur la bouche, l'émotion submergeait Jasmine en découvrant les lieux. Ainsi que Papi Loup qui rajeunissait à l'idée d'être dans un cocon avec un personnel dévoué à ses petits soins. Et son trésor inestimable avec lui, à jamais. D'une main fébrile, il caressait les tranches de ses livres, remis dans le même ordre et alignement qu'avant. Maya y avait veillé.

— Papi Loup, Jasmine, asseyez-vous, fit Maya, les yeux brillants.

Sans vraiment chercher à comprendre, le vieil homme se laissa tomber mollement dans le fauteuil. Jasmine s'assit sagement sur un des larges accoudoirs. Le sourire sur les lèvres de sa sœur lui insufflait une vague de chaleur dans la poitrine. Inespérée. Moelleuse. Apaisante.

— Je sais, je ne vous en ai pas parlé avant... Vous allez encore râler et dire que je décide *tout* toute seule... Mais j'ai l'intime conviction que c'est ce qu'il y a de mieux pour Papi Loup. Nous tous. Pas seulement pour l'égoïste que je suis...

— Ne dis pas ça, ma chérie, la coupa son père, d'un air de reproche plein de tendresse.

— Et en même temps je voulais vous faire une surprise… Enfin, corrigea-t-elle en se raclant la gorge, *nous* voulions vous faire une surprise…

La porte s'ouvrit sur Diane, un sourire radieux sur le visage. Médusée, Jasmine ouvrit une bouche immense alors que Papi Loup irradiait d'un bonheur lumineux en découvrant sa petite-fille adorée.

— Mais que fais-tu là ?

— Je suis la nouvelle bibliothécaire de la résidence et, accessoirement, lectrice pour ceux qui le souhaitent.

Les yeux gonflés, Jasmine ne put retenir ses pleurs. Regardant tour à tour sa fille puis sa sœur et vice-versa. Son cœur bouleversé allait exploser sous sa poitrine. Trop d'émotions crépitaient en ce lieu. Cet instant était magique. Unique. À capturer dans le creux d'une main afin de l'enfouir dans la poche aux souvenirs les plus prodigieux.

— J'ai un peu d'argent de côté, expliqua sobrement Maya en grimaçant d'une surprenante pudeur, alors si ça peut faire sens… Bon, Diane ne fait qu'un mi-temps…

— C'est formidable, couina Jasmine, le teint mouillé. N'est-ce pas, Papi Loup, c'est formidable…

— Merveilleux, scanda-t-il, transporté. Cette journée est à graver d'une pierre blanche. D'ailleurs, ça m'ouvre l'appétit autant de gentillesse. Un *bon* repas et après un *bon* bouquin avec ma princesse Diane. Je suis sûre que votre mère nous regarde. Elle doit se dire que je suis un sacré veinard. Elle me pardonnera, je la rejoindrai plus tard.

Jasmine se leva, prit sa sœur dans ses bras et la remercia, à voix chuchotée. Dans la chaleur de leurs peaux mêlées, les battements d'âme-sœur résonnaient à l'unisson.

Native de région parisienne, Rosalie Lowie est responsable ressources humaines dans le Pas-de-Calais. Elle est tombée sous le charme de la Côte d'Opale qui lui inspire son premier roman policier. « *Un bien bel endroit pour mourir* » a été primé Gagnant Grand Prix Femme Actuelle 2017.

La page de trop

Dominique VAN COTTHEM

Chaque soir, depuis l'âge de vingt ans, Florence se soumet au même rituel. À 20 h, elle prend un bain chaud parfumé avec quatre gouttes d'essence de fleurs d'oranger, ensuite, elle se sert un verre de vin blanc frais et enfin, après s'être calée confortablement dans son lit, le dos contre son oreiller, elle ouvre un roman. En quatorze ans, elle ignore le nombre d'ouvrages qu'elle a lus, mais elle sait que chacun d'eux a contribué à rendre sa vie supportable.

Plus d'une fois, elle avait essayé de s'en remettre à une histoire d'amour, plongeant son cœur dans les gouffres bouillonnants des sentiments. Elle apprenait à y nager, sans bouée, loin de la berge, là où elle n'avait plus pied. Si les premiers mouvements de brasse permettaient d'entrevoir la possible obtention d'un brevet, les suivants, désynchronisés à souhait, laissaient craindre le pire : l'inexorable noyade. Après moult tentatives, la dernière la découragea définitivement. Elle avait été presque entièrement dépouillée de son innocence. Du coup, elle s'était rendue à l'évidence, elle détestait la natation, entendez par là, elle n'avait aucune aptitude pour l'amour. En tout cas, elle rechignait à partager une histoire sur la durée. Ce qu'elle aimait, c'étaient les débuts. Les moments d'exploration des corps, la révélation d'un parfum, l'insouciance des confidences déposées sur un oreiller après les étreintes. Mais dès qu'elle respirait les effluves aigres d'une peau fatiguée, quand ses mains découvraient la particularité d'un grain de chair râpeux, lorsque le vibrato d'une voix ne faisait plus écho à son âme, elle perdait pied. Une panique indescriptible s'emparait de sa raison. Dans cet état d'esprit chaotique, elle prenait des décisions irréversibles. Elle avait envoyé à la gare tous ceux qui étaient entrés dans sa vie par la porte des sentiments. Des braves types, des gentils, des patients, quelques paumés aussi, puis le dernier, un profiteur auquel elle avait pourtant accordé plusieurs fois une seconde chance. Le problème ce n'étaient pas tous ces hommes, mais elle avec sa peur de la routine. Elle aurait pu remballer Brat Pitt si, après en avoir fait le tour, elle ne trouvait plus rien à découvrir. Fatiguée par tant d'efforts infructueux, elle avait décidé d'abandonner sa quête de l'histoire idéale, convaincue que les histoires ne perdurent que dans les livres et que l'idéal se situe entre le sommeil profond et le Paradis s'il existe. Évidemment, elle regrettait tous ses débuts de relation, alors, elle se rassurait en ramenant à sa mémoire les après, ces instants où elle s'enlisait dans le connu, le sécurisant, le long terme. Elle laissait défiler les moments d'indifférence, les heures d'attente à réchauffer un repas, les soirées foot, les matins bricolage, les après-midi gueule de bois. Bref, la suite des commencements. Elle possédait un stock inépuisable de bonnes raisons justifiant que le bonheur, enfin, son bonheur à elle, se trouvait dans le célibat entre une vie professionnelle monotone et une vie privée truffée de privations qu'elle appelait avec humour « ma diète ». Mis à part ses deux amies de toujours, peu de joie de vivre animait ses journées, cependant, Florence était heureuse. Elle se suffisait de l'essentiel, laissant le superflu traverser ses envies à la vitesse d'un avion à réaction. Le plus important à ses yeux, sa seule source de contentement, l'indispensable nourriture à sa survie, était son rituel du soir. Le bain chaud valait toutes les caresses, le vin dansait avec son imaginaire, son lit encadrait ses peurs. Quant aux livres, ils lui offraient la plus improbable façon de converser. Son choix de romans incluait tous les genres, néanmoins, un fil conducteur guidait ses préférences : la mer. Presque toutes les histoires dont elle berçait ses rêves sentaient les embruns, avaient le goût du sel et ronronnaient au souffle des marées.

Ce soir, comme tous les autres soirs, Florence ne manque pas de s'adonner à son rituel. Un pavé de 839 pages l'attend sur la table de nuit, un signet planté entre la 753e et la 754e. En ouvrant le livre, elle a la sensation qu'un vent marin lui effleure le visage. Au loin, le bruit des vagues, par-dessus, le cri des mouettes. Elles chantent tout autour d'elle lançant des wiap, wiap, wiap, wiap aux quatre coins de la chambre. L'histoire abandonnée la veille se remet en place. Les personnages se présentent au rendez-vous, rien ne manque à l'appel. Un nouveau chapitre l'attend, prêt à lui révéler son mystère.

Frank cherchait à s'échapper de ce lieu hostile. Il savait que s'il y restait quelques minutes de plus, il y mourrait. Il ne comprenait pas comment Amanda, si amoureuse, en était arrivée à une telle cruauté. Jamais il ne l'en aurait crue capable. Pourtant, la femme docile avec laquelle il partageait sa vie depuis un an venait de se transformer en tigresse sanguinaire. Hier encore pétrie de tendresse, elle affichait aujourd'hui un visage machiavélique.

Tout avait commencé dès le matin. Elle s'était réveillée à cinq heures, ou plutôt, elle s'était levée, car elle n'avait pas fermé l'œil de la nuit. En scrutant Frank, les traits sereins, le corps apaisé par le sommeil, un dégoût indéfinissable s'était emparé d'elle. Elle ne pouvait plus contenir sa colère. Elle constatait que les sentiments dont elle s'était nourrie finissaient par l'écœurer. Non, elle ne l'aimait plus, pire encore, elle le haïssait à présent. Il fallait qu'il sorte au plus vite de sa vie. En avalant son premier café, elle comprit que même s'il partait aux antipodes, il resterait accessible, donc, dangereux. En se versant un deuxième café, elle prit une décision radicale. Il fallait tuer Frank. Les modalités du meurtre se profilèrent avec le troisième café. Elle allait devoir jouer son rôle d'assassin tout en finesse, puis trouver la force de ne rien laisser paraître, mais aussi, celle de ne pas s'apitoyer.

À dix heures du matin, elle se faufila dans la chambre afin de réveiller son amant en le couvrant de baisers, comme chaque jour. Ensuite, ils prirent leur petit déjeuner sur la terrasse, les yeux perdus sur la Méditerranée. Après une douche, ils allèrent, comme d'habitude, se promener le long de la plage pour arriver, à l'heure du déjeuner, devant le Métropole. Là, le majordome les invita à rejoindre leur table. Une coupe de champagne en apéritif, un vin millésimé au cours du repas avant de retrouver le yacht où Christophe les attend. L'escapade quotidienne, au large du Rocher, ressemblait ce jour-là, en tous points aux autres. Une sieste dans les eaux françaises précéda le retour. Tranquillement, ils regagnèrent la villa en empruntant les rues de la ville. Amanda s'arrêta devant une bijouterie. Ils regardèrent les montres. Frank adore les Rolex. Vers vingt heures, Amanda frissonna, la fraîcheur de fin d'été lui donnait mal au dos. Elle proposa de se réchauffer dans le sauna. La cabine, spécialement aménagée à flanc de colline, était entièrement vitrée côté Sud. La mer y offrait un spectacle époustouflant. Ils se déshabillèrent, elle s'émut. Le corps de Frank la bouleversait. Elle détourna la tête, le moment était venu, elle ne devait pas craquer. Ils s'allongèrent tous deux face à la grande bleue. Frank la complimenta, il se sentait tellement bien avec elle.

— *Ne bouge pas, murmura-t-elle, j'ai une surprise. Ferme les yeux, surtout, ne triche pas. Son air coquin rassurait.*

— *Une surprise, en quel honneur ?*

— *Attends-moi, j'arrive.*

En sortant du sauna, Amanda s'entoura d'une serviette, puis, après une brève hésitation, elle tourna le bouton du thermostat sur 100°. De la porte vitrée, elle put voir Frank. Il n'avait pas bougé, il était allongé, immobile dans sa position de gisant. D'un coup sec elle ferma les verrous qu'elle avait fait placer par Christophe durant la journée. Frank ne les avait pas remarqués en entrant. Frank ne remarquait pas toujours tout…

Florence, captivée par la tournure de l'histoire, a vidé son verre de vin sans s'en rendre compte. Exceptionnellement, elle décide de déroger à sa règle et se rend à la cuisine. Elle a vraiment besoin d'un autre verre. Ça se bouscule dans sa tête. Le roman d'amour, parsemé de douceur et de sensualité, vire au cauchemar. Elle ne comprend pas pourquoi Amanda change subitement de comportement. Jusque-là, elle semblait tellement éprise. Il faut reconnaître que Frank est craquant. Il réunit tout ce qu'une femme attend d'un homme. Il est à la fois attentionné et ferme, romantique et rationnel, sensible et solide, généreux et clairvoyant, modeste et intelligent. C'est un écorché habillé d'une carapace. Et pour couronner le tout, il est beau comme un dieu.

C'est aux alentours de la page 114 que Florence a commencé à nourrir pour lui une tendresse inadaptée à un personnage de roman. Au chapitre 28, ce n'était plus son livre qu'elle retrouvait le soir, mais le beau Frank. À présent, l'idée de le savoir en danger lui ferait presque perdre tous ses moyens. De plus, sa crainte se conjugue avec une constatation excitante : Frank est presque mort, certes, mais maintenant, on peut considérer qu'il est célibataire. Elle trépigne, ses mains deviennent moites, ses pulsations s'emballent. Si elle le pouvait, Florence forcerait sans hésitation les portes de la villa monégasque afin de libérer le premier homme avec lequel elle se sent capable de partager des habitudes. D'un trait, elle avale son deuxième verre avant de s'en resservir un troisième. Elle tremble en pensant à Frank, elle ne peut accepter l'idée qu'il meure si sauvagement, cuit à point dans un sauna. Quelle horreur ! Trouvant dans l'alcool le moyen de calmer sa tempête intérieure, elle se reprend. Ses émotions commencent à l'inquiéter, alors elle se rassure en tentant de se convaincre qu'une solution positive se cache entre les pages. Elle regagne sa chambre, décidée à poursuivre sa lecture. Elle veut savoir, dût-elle y passer la nuit. Elle implore les cieux de laisser la vie sauve à Frank. Si quelqu'un doit mourir, c'est Amanda, c'est elle la traîtresse, la mante religieuse, la nouvelle Vera Renczi. Elle ouvre la porte, s'immobilise horrifiée. Son cri strident déchire le silence. Quelqu'un s'est glissé sous les draps. Son cerveau profère en boucle « ce n'est pas possible, ce n'est pas possible, ce n'est pas possible... », tandis que ses yeux ne la trompent pas. Un homme est couché dans son lit et il la regarde !

— Qui êtes-vous, que faites-vous là ? Sortez d'ici immédiatement !

La peur collée au ventre, elle est sur le point de fuir. Étrangement, quelque chose l'en empêche, un mélange de curiosité baignée d'évidence : ce n'est pas possible. Le vin ne lui réussit pas toujours. Manifestement, ce soir, elle a abusé. Motivée par l'improbable situation et le silence de « l'apparition », elle écarte les draps d'un geste ferme. L'homme est entièrement nu, il se couvre le sexe des deux mains.

— Qui êtes-vous ? Je vous préviens, je vais appeler la police. Fichez le camp ou je hurle.

Elle ne semble pas se rendre compte qu'elle hurle déjà.

— Je vous en prie, écoutez-moi. Je vais tout vous expliquer. Mais d'abord, vous n'auriez pas un vêtement à me prêter ? C'est très gênant de me trouver ainsi devant vous, balbutie-t-il en tirant la couette à lui.

— J'hallucine, j'hallucine, j'hallucine ! Si je ferme les yeux, quand je les ouvrirai, il sera parti. Elle s'exécute. Il est encore là.

— Un vieux jogging suffira, je ne suis pas difficile. Je me sentirais plus à l'aise. J'aimerais vous parler.

C'est à cet instant que Florence, complètement paniquée, se rend compte qu'elle a laissé son sac à main dans la cuisine. Dedans, il y a son téléphone et une bombe flash. Terrorisée, elle s'apprête à détaler quand le type bondit sur elle. Il la saisit fermement par les poignets et se met à la tutoyer tout naturellement.

— S'il te plaît, écoute-moi. N'aie pas peur, je ne te veux aucun mal, au contraire. Tu viens de me sauver la vie, je te dois tout.

Les mains chaudes de l'homme la retiennent captive. C'est étrange, elle ne se sent pas prisonnière. Audacieuse, elle laisse son regard parcourir l'anatomie de son agresseur quand soudain il s'arrête sur l'avant-bras gauche. Elle reconnaît le tatouage en forme de maillon ouvert. C'est le même que celui de Frank, le personnage du roman. Elle se décompose en lisant la phrase gravée dans la peau, sous le dessin : *Je suis le chaînon manquant*. Même calligraphie, mêmes mots. Ses yeux se plantent dans le bleu azur à la recherche d'une explication. Il lui libère les poignets en guise de réponse. Elle continue son cheminement visuel sur les épaules, le torse, elle veut trouver un autre indice. La peau est rouge, brûlée par endroits. Pour la troisième fois en quelques minutes, elle questionne.

— Qui êtes-vous ?

— Tu sais parfaitement qui je suis. Aussi fou, aussi improbable que cela puisse paraître, tu ne te trompes pas, c'est bien moi. Je suis Frank Baron. J'ai réussi à m'enfuir des pages de *Trop beau pour être vrai* grâce à la puissance de tes sentiments. Je te l'ai dit, tu viens de me sauver la vie, je te dois tout.

Demande-moi ce que tu voudras, je te suis redevable à jamais.

Abasourdie, Florence met du temps à répliquer. Le type devant elle ne ressemble pas vraiment à l'image qu'elle s'est faite de Frank Baron. Il est plus petit, un peu plus trapu et surtout, il est poilu. Elle n'avait pas envisagé cette éventualité, les descriptions de son torse bronzé cadrent mal avec une telle pilosité. Elle le détaille et elle se méfie.

— Tu voudrais me faire croire que tu es sorti du livre ? Tu me prends pour une quiche ou quoi ? Qu'est-ce que c'est que ce délire ? Elle le tutoie aussi sans s'en rendre compte. Tout en lui parlant, elle essaie de comprendre de quelle façon cet individu a pu pénétrer dans sa chambre.

— C'est la vérité. Je conçois que cela soit difficile à croire, mais tu dois me faire confiance. Demande-moi de te raconter le roman, pose-moi toutes les questions que tu voudras, j'y répondrai. Je peux tout prouver, la seule explication qu'il m'est impossible de te donner, c'est comment je suis arrivé ici. Je n'en ai aucune idée. Je sais juste qu'à l'instant où j'ai perçu les battements de ton cœur, je me suis retrouvé dans ta chambre, en chair et en os.

— Tu ne sais pas comment tu es arrivé ici, mais moi, j'ai une idée sur la façon dont tu vas repartir, c'est très simple : tu sors de cette chambre et tu prends la porte ! Tu entends ? Si tu ne pars pas de suite, j'appelle la police.

Son aplomb la surprend, habituellement, elle est plutôt de nature peureuse. Pourtant, elle tient tête à un homme nu au physique d'athlète. D'un revers de la main, il pourrait la plaquer au sol, qui sait jusqu'où il serait capable d'aller ? La violer, la torturer, la tuer ? Sa détermination à expulser l'intrus surpasse ses inhibitions. Il n'est pas question de se laisser gâcher la soirée par un fou qui se prend pour un personnage de roman. Elle n'a qu'une seule envie, retrouver Frank, le vrai. Elle veut connaître la suite de l'histoire et elle espère de toutes ses forces un retournement de situation. Il doit s'en sortir vivant. Car elle réalise, en cet instant où sa propre vie est menacée, combien cet homme a envahi un espace jusqu'ici voué à l'abandon.

— Je t'en prie, Florence, donne-moi une chance. Je t'assure, je suis sincère. Je ne te veux aucun mal, au contraire. La pureté de tes sentiments m'a mené à toi, c'est la vérité. Jamais personne ne m'a aimé aussi délicatement, aussi tendrement, aussi souverainement que toi. Regarde-moi. Mes cheveux, mes yeux, mes mains, l'anneau celtique à mon doigt, je suis Frank Baron. Je suis l'homme que tu aimes.

Ses propos n'ont rien d'hostile et la douceur dans sa voix le rend vulnérable. En l'observant de plus près, Florence discerne peu à peu les similitudes flagrantes avec le Frank Baron du livre. C'est à la fois lui, elle ne peut pas le nier, en même temps c'est un autre. Elle découvre combien les images engendrées par des mots se filtrent dans l'esprit. Sa vision du personnage est floue tandis que l'homme devant elle est d'une netteté éclatante. Elle rembobine dans sa mémoire les chapitres lus, les descriptions, tout correspond. La façon de se caresser le lobe de l'oreille entre le pouce et l'index, le léger sifflement des syllabes entre ses dents, la petite cicatrice sous la mâchoire. Et s'il disait vrai ? Si par un concours de circonstances, un miracle ou un phénomène paranormal son héros de papier venait de s'incarner ? Un doute surgit. Un doute idiot au regard de la situation, pourtant, elle lui accorde un moment d'attention. Elle vacille. Tant de gratitude baigne les yeux de Frank. Son silence la bouleverse, son sourire la déstabilise. Il grelotte. Elle fléchit. Troublée par la nudité de ce bel inconnu, elle finit par ôter son peignoir, laissant apparaître son pyjama molletonné où un pingouin coiffé d'un bonnet de Père Noël dort entre ses seins. Frank blêmit, ses yeux s'écarquillent, ses lèvres se séparent. Les mots s'échappent.

— Comme tu es belle !

*

— *Tu me jures qu'il ne va pas souffrir ? Je ne sais pas si nous avons bien fait, nous aurions peut-être dû attendre encore un peu. Je me sens mal, Christophe, vraiment mal.*

Amanda tremble de tous ses membres, elle a les larmes au bout des yeux et son teint vire au jaune.

— *Viens, assieds-toi. Respire calmement, ça va aller. Nous devions le faire, Amanda, tu entends ? Nous n'avions pas le choix. Il lui serre les mains dans les siennes, puis dépose des baisers sur ses doigts glacés. C'est fini maintenant, tu n'as plus rien à craindre. Essaie de ne plus penser à cela, je vais m'occuper de tout.*

— *Tu es certain que les verrous vont tenir ? Il est fort, tu sais. S'il arrive à sortir, s'il nous trouve, il n'hésitera pas une seconde, il nous tuera. J'ai peur, Christophe. Serre-moi dans tes bras. J'ai besoin de sentir ta présence, ne me quitte pas. Elle se colle à lui, les doigts accrochés à sa chemise. Tu m'en veux encore ?*

— *Comment pourrais-je t'en vouloir ? Je ne suis rien à côté de lui, il a quarante ans, j'en ai soixante-cinq, tu t'es laissée séduire. Je t'aime, Amanda, je n'ai jamais cessé de t'aimer. Je suis resté à ton service afin de continuer à veiller sur toi. Il m'en a coûté de te voir dans les bras de cet homme,*

Dieu ce que j'ai souffert ! Aujourd'hui, plus rien ne viendra entraver notre route, plus rien, tu entends ? Nous sommes indestructibles. Tu verras, nous allons être heureux, tous les deux.

— *Comment ai-je pu être aussi sotte ? Comment ai-je pu te faire tant de mal ? Je me suis aveuglée avec des paillettes alors que j'avais sous les yeux un rayon de soleil. Je t'aime, Christophe, je vais passer le reste de ma vie à te le prouver.*

— *Il faut te reposer à présent, tu sais ce qu'a dit le médecin : pas d'émotions fortes et beaucoup de repos. On ne peut pas dire que les recommandations de ton cardiologue aient été respectées aujourd'hui. Ignorant ses lombalgies, d'un geste gracieux, il la prend dans ses bras avant de l'emporter vers sa chambre. Tu dois te détendre, il faut effacer tout cela de ta mémoire. Il lui tend un comprimé et un verre d'eau. Avec ça, tu vas dormir un peu, tu en as besoin. Demain, nous partirons dans ta maison de Biarritz, comme prévu, ainsi, personne ne remarquera son absence. Dans deux mois, quand nous reviendrons, tout le monde pensera que vous avez rompu. Je dois y aller maintenant. Je serai de retour dans deux heures.*

Les effets du somnifère commencent déjà à agir. Le regard d'Amanda se trouble. Peu à peu, elle s'enfonce dans les oreillers, attirée dans les vapeurs chimiques du Mogadon. Elle trouve à peine la force de répondre à son amant.

— *Merci…*

En quittant la chambre, Christophe se sent à la fois soulagé et en panique. C'est la première fois qu'il doit se débarrasser d'un cadavre, ce n'est pas facile de côtoyer la mort de si près. Il récapitule mentalement la marche à suivre, cela le rassure un peu : il va planquer le macchabée dans un coffre en plastique. La veille, il a pris soin de s'en procurer un assez grand, un de ceux où on range des tonnelles. Il a garé le 4x4 devant la sortie de service. Le yacht, lui, est amarré au bout de la marina, où presque personne ne se promène. Une fois au large, il balancera le corps par-dessus bord, ni vu ni connu. Un jeu d'enfant, lui a dit Amanda. À cet instant, Christophe doute fort que les enfants s'adonnent à ce genre de divertissements.

En entrant dans l'espace balnéo, il est surpris par la température qui y règne. Il fait au moins 35°. Il commence par couper le thermostat du sauna. Les verrous sont brûlants, il doit utiliser une serviette éponge pour les faire coulisser. Le troisième résiste un peu, la chaleur a dilaté l'acier. Quand il ouvre la porte, un air suffocant lui consume les poumons. Il se plaque la serviette sur le nez et sans s'attarder, pénètre à l'intérieur. Une lumière chétive éclaire la cabine. Les yeux de Christophe s'habituent à la pénombre, ils parcourent les 10 m^2 sans trouver ce qu'ils cherchent. Il n'y a personne. Les vitres sont intactes, la porte aussi, les verrous étaient fermés, pourtant, Frank Baron a disparu.

Trois semaines déjà que Florence file le parfait amour avec Frank. Elle ne s'explique toujours pas rationnellement comment il est arrivé chez elle, mais aucune théorie n'est venue contredire les affirmations de son protégé. Il a été en mesure de lui parler des plus infimes détails du roman, allant jusqu'à réciter de longs passages. Tout coïncide.

En moins de deux heures, elle avait cessé d'écouter sa raison. Des sonates romantiques berçaient son bonheur, elle ne voulait rien entendre d'autre. Finalement, bon nombre de personnes croient en Dieu alors qu'ils ne l'ont jamais vu. Elle, elle croit en Frank, l'homme avec lequel elle s'endort, se réveille, celui dont la tendresse a su fondre son armure. Jamais personne ne l'a aimée avec une telle justesse. Il sait tout d'elle, ses goûts, ses envies, ses besoins, ses faiblesses et ses forces. De son côté, elle a l'impression de le connaître depuis toujours. L'unique fois où il l'a déçue, c'est lorsqu'il l'a priée de ne jamais lire les deux derniers chapitres du livre. Elle avait insisté, c'est difficile d'abandonner un roman captivant. Il s'était montré catégorique. Elle avait promis, convaincue qu'il finirait par changer d'avis. Car avec lui, la vie est simple, sans accrocs. Ensemble, ils rient, lancent mille projets vers l'avenir, s'éblouissent de leurs sentiments. Ils font l'amour aussi, sans cesse, avec passion, jusqu'à devenir un.

Aucun livre n'a raconté à Florence une aussi belle histoire. C'est pourquoi, hier, elle a décidé de rompre les ponts avec ses deux amies. Elle ne supportait plus de recevoir dix messages par jour et de les entendre s'inquiéter. Lorsqu'elles lui avaient demandé : « Il sort d'où ce mec ? », Florence avait répliqué, évasive : « Eh bien, disons que c'est un littéraire ». Depuis lors, une désagréable sensation de suspicion planait au-dessus de leur amitié. Les deux filles ne cessaient de lui poser des questions ou de la mettre en garde. Cette curiosité agrémentée de conseils avait fini par l'agacer au point qu'elle y décelait maintenant des relents de jalousie. Elle regrettait de leur avoir parlé de Frank et des jours heureux qu'elle vivait auprès de lui. Elle n'aurait jamais dû, non plus, s'épancher sur les qualités exceptionnelles de son nouvel amoureux. Florence comprenait aisément qu'un homme aussi parfait puisse faire des envieuses. Émilie formait, avec son gynécologue moralisateur, le cliché même du petit couple propret : enfants, migraines et labrador dans le jardin. Quant à Rosalie, la collectionneuse d'aventures foireuses, elle passait sa vie de rockeuse sur les plus grandes scènes du monde en espérant trouver l'âme sœur parmi son public. Rien d'étonnant à ce qu'elles s'immiscent sournoisement dans son idylle. Florence n'avait que faire de leurs conseils. Elle ignorait jusqu'où sa romance la mènerait, mais elle savait quel chemin emprunter.

Les amies évincées, plus aucun obstacle ne pourrait se dresser en travers de sa route.

*

— Florence, viens voir, ça y est, j'ai trouvé ! Frank, l'ordinateur portable sur les genoux, trépigne d'impatience. Tu vas adorer, j'en suis certain.

Sur l'écran, une villa somptueuse, accrochée dans la roche d'une montagne grecque, se détache de la mer.

— Oh, Frank, elle est magnifique ! Comment as-tu fait pour dénicher cette perle ? Regarde, il y a même des piscines privatives avec les chambres d'amis. Et ce turquoise mélangé au blanc des murs...

— Rien n'est assez beau pour toi ma chérie. Si elle te plaît, je te l'offre.

— Mais, Frank, c'est de la folie, nous n'avons pas besoin d'une propriété pareille.

— Tu plaisantes ? Ici, tu as la vue sur les façades des immeubles voisins. Je ne veux plus jamais te voir chercher la mer dans les livres. Cela fait trop longtemps que tu rêves, maintenant, il faut t'éveiller. Laisse-moi réaliser ton vœu le plus cher.

Émue aux larmes, elle retient les mots. Elle ne pense pas mériter un tel bonheur. Car ce n'est pas un bouquet de fleurs ni même un bijou que Frank tient à lui offrir. Il lui fait don de la mer Égée.

— Bon, dis-moi, je téléphone ? Es-tu prête à tout lâcher ? Veux-tu vivre là-bas avec moi ?

Elle voudrait hurler que oui, mais sa gorge ne se desserre pas, tant elle est bouleversée. Alors, elle agite la tête en se plongeant dans les bras de Frank, de *son* Frank, l'homme de sa vie.

— C'est entendu. Tu peux dès à présent commencer tes valises et prévenir ton patron. Nous prendrons l'avion demain matin, il y a un vol pour Santorin à 10 heures. Avant de signer, nous irons découvrir ta nouvelle maison.

Subjuguée, elle acquiesce. Non vraiment, elle ne pense pas mériter un tel bonheur.

Dans sa chambre, elle rassemble quelques vêtements, des produits de beauté, des médicaments contre la nausée et les palpitations. Des troubles digestifs l'ennuient depuis le début de la semaine, elle consultera à son retour. Ce serait bête de tomber malade maintenant. Évidemment, elle n'oublie pas d'emporter des livres. L'île ne doit pas regorger d'ouvrages en français. *Trop beau pour être vrai* est caché sous le matelas depuis le jour où elle a menti à Frank. Florence s'en veut, mais comment se défaire de ce roman qui a introduit tant d'amour dans sa vie ? Comment ne pas lire les deux derniers chapitres ?

*

Comme à chaque fois, Frank Baron avait tout prévu. Il savait qu'Amanda commençait à comprendre. Elle l'avait questionné sur son passé, sur l'origine de sa fortune, sur sa famille. C'est toujours de cette façon qu'elles procèdent quand elles sentent le danger. Il avait répondu selon son plan, élaboré de longue date et ciselé aux mesures de ses proies. Contrairement aux autres, Amanda n'était pas vraiment seule. Son ancien amant conservait encore une place privilégiée auprès d'elle. Il avait dû en tenir compte et doubler les doses d'arsenic. Seulement, Amanda, malgré ses 78 ans, était du genre coriace, elle résistait au poison. Il n'y comprenait rien, les cinq femmes précédentes étaient mortes en trois mois avec un dosage inférieur. Peu importe, il avait décidé d'attendre, le cœur de la vieille finirait bien par lâcher et la messe d'enterrement aurait lieu, tôt ou tard.

Christophe veillait. Le détective privé qu'il avait engagé lui avait remis un dossier de plus de cent pages. Un dossier dont le contenu déterminait l'urgence d'agir. Frank les avait surpris un soir en pleine discussion sur la manière dont ils allaient se débarrasser de lui. Le sauna ! Il fallait avoir l'esprit tordu pour imaginer un tel meurtre. Il trouvait cela drôle. La veille du crime, il avait scié une ouverture dans la paroi latérale, sous le banc, puis replacé le panneau en veillant à unifier les jointures. Un petit sac de voyage l'attendait dans un buisson devant la villa, il contenait l'essentiel : ses papiers, de l'argent, un titre de propriété et l'original du testament d'Amanda. Il avait complètement oublié d'y ajouter des vêtements.

La prochaine victime vivait à deux pas de là. Il l'avait repérée peu de temps après son emménagement chez Amanda. Comme à chaque fois, Frank Baron l'avait suivie, étudiée, photographiée à son insu. Il s'était introduit chez elle, avait exploré sa maison de fond en comble jusqu'à fouiller les poubelles. Il ne mit pas longtemps avant de tout connaître sur la jeune trentenaire célibataire, riche et seule au monde. Elle lisait beaucoup, c'est par ce créneau qu'il décida d'entrer dans sa vie.

*

– Que fais-tu ? Je t'avais demandé de préparer ta valise. Frank ne peut contenir sa colère. D'un geste rageur, il arrache le livre des mains de Florence. Je croyais t'avoir dit de ne pas poursuivre cette lecture. Je ne peux pas te faire confiance !

Il se dirige vers la cuisine, jette le roman dans l'évier, puis s'empare d'un briquet. Le papier s'enflamme dans un bruit de linge froissé.

– Arrête, Frank, je t'en prie, s'insurge Florence, atterrée par cette violence soudaine. Tu n'as pas besoin de le brûler, c'est terrible de brûler les livres.

Les pages se recroquevillent en brunissant. Les mots s'effacent, les personnages meurent rapidement. Bientôt, il ne reste plus que de la cendre noire. Frank tourne le robinet, l'eau emporte l'imaginaire d'un auteur vers la mer. Pointant son index en direction de Florence, il crache un ordre.

– Je t'interdis de lire les deux derniers chapitres, c'est clair ?

Le ton brutal et son regard acéré la tétanisent. Elle s'adosse au frigidaire, la peur au ventre. Le visage de Frank, crispé à l'extrême, se fait masque. Il serre les dents. Sur ses joues, elle peut voir la tension des mandibules. Elle doit fuir, mais où ? Prise au piège, dans l'angle de la cuisine, où qu'elle aille, il l'attrapera. Ses jambes ne la portent plus, elle s'effondre en se pelotonnant, les mains autour de la tête. Elle attend les coups, la mort peut-être, consciente de sa soumission, révoltée par son manque de courage. Il s'approche, s'agenouille face à elle, aspire une grande bouffée d'air.

— Excuse-moi. Je ne sais pas ce qui m'a pris. Sa voix redevient douce, ses gestes caressants. Il se rend compte qu'il est allé trop loin, il ne maîtrise pas toujours ses pulsions, c'est son point faible. Ma situation est difficile, je ne comprends plus rien. Il m'arrive de me demander qui je suis. Un homme ? Un personnage ? Suis-je vivant ou fictif ? Peux-tu imaginer un instant ma douleur ? Il glisse ses doigts dans ses cheveux, la force à relever la tête. Je suis arrivé ici sans vêtements, sans affaires personnelles, sans souvenirs. J'ai tout perdu, tout. Mis à part mes papiers et mon argent, il ne me reste rien de ma vie d'avant, tout est figé dans ce livre. Je ne veux plus jamais me confronter au passé. Lentement, elle se redresse. Il pose sur elle des yeux aimants. Des larmes bordent ses paupières. Je t'ai trouvée grâce à une fiction romanesque, à présent, elle doit s'effacer. Tu n'as plus besoin de cette histoire. À partir de maintenant, seule compte notre histoire, tu entends, notre histoire et c'est à nous de l'écrire.

D'une main tremblante, il l'attire dans ses bras avant d'éclater en sanglots.

Elle comprend combien sa rencontre avec l'amour l'a rendue aveugle et égoïste.

C'est la première fois qu'un homme pleure sur le cœur de Florence. Elle est ébranlée, au point de renoncer à ses doutes, au point de dissoudre ses inquiétudes, au point de se donner à lui tout entière.

Au petit matin, Florence se sent mal. Les nausées ont repris de plus belle, elle a vomi toute la nuit. Son front est au bord de l'explosion et une immense fatigue la retient au lit.

— Je ne pourrai jamais prendre l'avion dans cet état. Ne m'en veux pas, Frank, je me sens incapable de voyager.

— Tiens, bois un peu, tu es trempée. Je n'aurais jamais dû m'énerver hier. Tu es malade par ma faute, si tu savais comme je regrette.

— Non, j'aurais dû t'écouter au lieu de te mentir. Notre rencontre hors du commun m'a fait oublier mon sens de l'honnêteté. Je t'aime, Frank, de toutes mes forces. Je comprends à présent combien tu souffres. Elle tente de se relever un peu, mais elle n'en a pas l'énergie. Des crampes abdominales la plient en deux. Les spasmes sont récurrents, extrêmement douloureux.

— Je vais appeler un médecin, tu ne peux pas rester dans cet état.

— Non, ce n'est pas nécessaire, ça va aller. Ces bouleversements dans ma vie ont chamboulé mon organisme. Avec un peu de repos, il n'y paraîtra plus.

— J'ai tellement peur de te perdre. Tu ne méritais pas ma colère, je ne sais pas ce qui m'a pris. Je te le promets, à partir de maintenant, ça n'arrivera plus jamais. Je t'aime aussi, Florence. Je t'aime comme un fou ! Il frôle sa joue brûlante puis dépose un baiser sur ses lèvres. Ce n'est pas le moment, mais je ne peux plus attendre : veux-tu m'épouser ?

La demande, sortie de nulle part et placée dans un contexte inapproprié, laisse Florence sans voix.

— Tu n'es pas obligée de répondre maintenant. Prends le temps d'y réfléchir. Sache que rien ne me rendrait plus heureux que de te dire « oui » devant le Maire.

Elle baisse les paupières en guise d'approbation. Cette relation, décidément, a le don de la retourner dans tous les sens.

— Penses-tu pouvoir rester seule quelques jours ? Plus que jamais, je veux t'offrir la villa de Santorin. Elle te plaît, il faut au moins un cadeau comme celui-là pour effacer mon comportement odieux. Nous serons heureux là-bas, tu verras.

— Je n'ai pas besoin d'un tel cadeau, je suis déjà heureuse.

— Il te manque une vue imprenable sur la mer. J'aimerais vraiment ne pas laisser passer cette occasion. De plus, j'ai versé un acompte important et avec le système grec, je me méfie, l'argent se perd vite.

— Va, mon amour, je me sens déjà mieux, je t'assure. Elle lui sourit. Dépêche-toi, ou tu vas rater l'avion.

— Je te téléphone en arrivant.

— Tu me manques déjà...

*

Les vibrations du portable, abandonné sur la table de nuit, sortent Florence du sommeil. Elle attend un message de Frank, mais c'est Émilie qui lui envoie un texto.

« Je t'en supplie, donne-moi de tes nouvelles ! ».

Émilie arrive au bon moment, depuis le départ de Frank, Florence se sent de plus en plus faible. Elle a à peine la force de répondre ;

« Viens vite... »

Une demi-heure plus tard, son amie rejoint le duplex en compagnie de Rosalie qu'elle a récupérée au Métropole. Florence ne répond pas à la sonnette ni aux martèlements désespérés infligés à la porte. Elles décident d'aller chercher le gardien. Réticent à la base, il finit par accepter d'ouvrir après de longues minutes de négociation. À l'intérieur, tout est calme et en ordre. Les deux jeunes femmes se précipitent vers la chambre où elles découvrent Florence étendue sur le lit, un bras pendant dans le vide et la bouche entrouverte.

— Elle respire ! Il faut appeler un médecin ou mieux, une ambulance.

Rosalie ne réagit pas. Le jet lag, mixé à l'alcool de la veille, a raison de ses réflexes. Elle fouille son sac avec la rapidité d'un aï filmé au ralenti. Émilie s'énerve. Le gardien veut appeler la police. Vraiment, elle ne se sent pas épaulée.

— Vous, hurle-t-elle au gardien, surtout vous n'appelez personne ! On se fiche de la police, c'est d'un médecin dont on a besoin et je vais lui téléphoner moi-même. Quant à toi, assène-t-elle à Rosalie la voix pleine de reproches, la prochaine fois que je te vois encore dans cet état, je te flanque en cure de désintox, t'as compris ? Je pensais que t'avais arrêté !

— Non, c'est pas c'que tu crois. J'suis rentrée hier soir de New York, j'ai pas dormi depuis trente-six heures. J'suis claquée.

— Ce n'est pas le moment de parler de ça.

Elle attrape son portable et compose le 18.

— Merci, monsieur, vous pouvez nous laisser maintenant, l'ambulance va arriver. Je compte sur vous pour refermer quand nous serons parties.

Vexé, le gardien retourne à sa loge. Décidément, ces filles riches ne comprennent rien à rien. Si elles le lui avaient demandé, il leur aurait expliqué qu'il se passe des choses étranges chez mademoiselle Florence depuis trois semaines. Si elles avaient insisté, il leur aurait parlé du type bizarre qui se cache chez elle. Ce type, il le connaît bien. Il n'a pas toujours été gardien, l'année passée il travaillait comme jardinier dans la villa d'à côté, celle où l'homme en question vivait avec une certaine Amanda Chardonelle. Manifestement, les filles l'ignorent. Tout comme elles semblent ignorer qu'Amanda Chardonelle est morte il y a trois semaines.

*

Le médecin ne se prononce pas. Il hésite entre une grosse indigestion et une bactérie. Le service des urgences est débordé, il n'a pas vraiment le temps de s'attarder sur un cas qui ne nécessite ni prise en charge chirurgicale ni réanimation. Il administre à Florence un puissant antispasmodique par intraveineuse avant de renvoyer les trois jeunes femmes chez elles. Il prend toutefois la précaution de demander une analyse de sang et d'urine. L'état suspect de Rosalie le laisse penser que sa patiente est peut-être en train de faire un mauvais trip. Quelques recommandations et une ordonnance plus tard, elles regagnent le duplex en taxi.

Florence se sent déjà mieux, les douleurs ont presque disparu, l'appétit revient peu à peu. Rosalie, quant à elle, retrouve ses facultés après deux heures de sommeil profond suivies de quatre cafés serrés. L'heure est grave, elles doivent absolument éclaircir les soupçons qui planent sur le prince charmant de Florence. Elles vont devoir également l'alerter sur leur découverte, ce n'est pas gagné d'avance, Florence refuse l'éventualité d'être la victime d'un imposteur. Elle est loin de se douter de la réalité des faits.

Ses deux amies n'ont pas attendu de la retrouver inconsciente pour commencer une enquête. L'attitude de Florence les avait interpellées dès le début, c'est pourquoi, passant au-dessus de ses rancœurs, Rosalie avait repris contact avec Fred, son ex-guitariste. Il était également son ex tout court depuis le jour où elle l'avait surpris dans leur chambre d'hôtel de Las Vegas, les poings menottés au lit, une cagoule en latex sur la tête, en train de crier « Oui » à deux « maîtresses » survoltées. C'en était trop. Il la trompait, la terre entière le savait, mais l'image des deux tigresses en talons aiguilles armées d'un fouet, ça, elle ne pouvait pas l'effacer. Il avait repris illico le chemin de l'Europe, sans préavis. En le quittant, elle avait lutté férocement contre l'envie de le frapper. Pas question de lui offrir ce plaisir en guise d'adieu. Bref, après cette rupture radicale, rien ne laissait présager qu'ils puissent un jour renouer la moindre relation. Mais, Fred, avant de se lancer dans la musique, avait été flic, Rosalie savait qu'il conservait des contacts avec ses anciens collègues. Par mail, elle lui avait demandé un petit service. Perclus de remords, Fred répondit instantanément. Il accepta d'emblée de mener une enquête sur le fameux Frank Baron. Secrètement, il espérait que ce service donnerait à Rosalie l'envie d'oublier ses erreurs. Sur scène, ils avaient formé un duo de choc et dans la vie, jamais il n'avait été autant en symbiose avec une femme. Elle était sa moitié manquante, sans elle, il ne se sentait pas complet. Trois années s'étaient écoulées depuis l'histoire des filles en latex et il n'arrivait toujours pas à passer à autre chose. Rosalie, il l'avait dans la peau ! Du coup, il se donna à fond dans sa mission. En moins d'une semaine, il découvrit la véritable identité du suspect, mais aussi son palmarès. Il s'appelait Félix Brobick, né à Barcarès en 1978. Marié à trois reprises, veuf à trois reprises. La plus jeune de ses épouses était de trente ans son aînée. On aurait pu penser que Frank aimait les femmes mûres, mais également les femmes riches, car l'autre point commun des disparues, c'était leur fortune. À trois reprises, le veuf éploré avait touché un pactole colossal. En grattant un peu, Fred mit à jour le mode opératoire de Frank : il séduisait ses proies en utilisant leur passion. La première épouse adorait le feng shui. Il étudia la discipline dans ses moindres détails avant de se présenter comme un maître tout juste rentré du Japon. La seconde vouait sa vie à l'Opéra. Il prit des cours de chant lyrique pendant deux ans auprès des meilleurs professeurs. Il avait conquis sa belle en lui chantant *E lucevan le stelle*, l'air fatal de Tosca. La troisième fut plus facile à ébranler, car son adoration se portait sur les bijoux. Cette matière, Frank la maîtrisait mieux encore que les plus grands joailliers. La trace de l'escroc se perdait entre 2017 et 2018. Fred ne désespérait pas de trouver d'autres indices. En attendant, il remit un rapport d'une bonne trentaine de pages à Rosalie. Des photos agrémentaient le dossier. En les confrontant au regard de Florence, elles attesteraient de l'identité de son soi-disant amoureux littéraire.

Le plus difficile restait à venir : convaincre Florence qu'elle était la victime d'un manipulateur.

— Florence, nous aimerions te parler. Tu sais combien nous t'adorons, alors au nom de notre amitié, accepte de nous écouter jusqu'au bout. Surtout, ne te fâche pas. Nous voulons t'aider à y voir clair. Si tu étais à notre place, tu en ferais de même.

— Vous n'allez pas encore revenir avec vos conseils ou vos mises en garde ? Je vous préviens, je n'ai aucune envie de les entendre. J'ai rencontré l'homme de ma vie. Il est merveilleux et je l'aime, alors si vous n'êtes pas prêtes à partager mon bonheur, c'est inutile de rester ici. Elle garde son calme malgré un agacement certain.

— Tu vois ce dossier ? Il ne contient ni conseils ni mises en garde. Il enferme des preuves ! Ouvre les yeux, juste un instant, après tu auras le choix entre continuer à enfouir ta tête dans le sable ou regarder la réalité en face.

Émilie redouble de prévenance, elle se fait rassurante. Rosalie, elle, serre le dossier contre sa poitrine. Un peu de Fred se cache entre les pages, elle voudrait les garder encore sur son cœur. Un long silence englobe les pensées de Florence. Il y a ce qu'elle sait et ce qu'elle ne veut pas savoir. Il y a aussi ses deux amies bienveillantes et une intuition impossible à ignorer.

Son portable sonne. C'est Frank.

— Ma chérie, comment te sens-tu ? Je suis si inquiet.

— Ne t'en fais plus, je vais beaucoup mieux. Je me suis reposée et puis, Émil....

Les deux filles font de grands signes avec les bras. Leurs lèvres miment les mots *Nous ne sommes pas là !* à plusieurs reprises.

— Et puis... Émi... Émile, tu sais, le gardien. Il est venu m'apporter le courrier, improvise-t-elle.

— Pour quelles raisons Émile t'apporte-t-il le courrier ? Je n'aime pas ce type. Tu vas me faire le plaisir de ne plus jamais lui ouvrir ni même lui parler. Tu as compris ? Je t'interdis d'adresser la parole à ce type !

L'ordre, proféré sur un ton dictatorial, lui glace le sang. Elle branche le haut-parleur en tentant de conserver son calme.

— C'est entendu mon amour. Dis-moi, tout se passe comme tu le souhaites ?

— Oui, justement, je t'appelle parce qu'il y a un petit problème.

— Ah bon ?

— Tu sais, le versement dont je t'ai parlé ? Il s'est égaré. L'agent immobilier refuse de nous réserver la villa sans un acompte de 50.000 euros. Ça m'embête de te demander cela, mais peux-tu me les envoyer au plus vite ? Je n'ai pas suffisamment de liquide avec moi et mes cartes de banque sont bloquées, j'ignore pourquoi. Je te rembourserai à mon retour. Tu comprends, si nous voulons acquérir la villa de nos rêves, nous n'avons pas d'autres solutions. De toute façon, nous allons mettre notre vie en commun, mon argent t'appartient, tout est à toi, ma chérie.

Florence dispose de la somme, elle peut par un simple coup de téléphone régler le problème, mais elle commence à comprendre les inquiétudes de ses amies.

— Je t'envoie l'argent de suite mon amour, ment-elle, j'ai hâte de découvrir notre chez nous.

Il abrège la conversation par quelques formules attendues, puis il insiste une dernière fois sur l'importance d'agir vite. L'agent immobilier leur laisse la priorité pendant 24 heures.

Le visage déconfit, la voix serrée dans sa rage, Florence compte ses mots en s'adressant à Rosalie.

— Passe-moi le dossier !

*

Trois heures du matin, les filles sont tombées d'accord sur la marche à suivre. Elles ont élaboré un plan afin de compromettre Frank. Les éléments à charge sont éloquents, les photographies appuient les soupçons, ce ne sera pas difficile d'établir un marché : soit il dégage de la vie de Florence, soit elles balancent tout ! Florence adhère à la fois convaincue et sceptique. Elle n'arrive toujours pas à croire que Frank se soit joué d'elle. Il lui a révélé tant de détails sur ses habitudes les plus intimes, sur ses goûts, sur elle. Et elle est formelle, elle ne l'avait jamais vu « en vrai ». Il est sorti de son livre. Comment dès lors aurait-il pu la connaître avec une telle précision ?

— Réfléchis une seconde, recadre Rosalie, si tu lis la page 18 du dossier, tu découvriras qu'il avait caché des caméras dans la maison de ses victimes. Il a longtemps étudié ses proies avant d'passer à l'action, j'suis certaine qu'il agit d'la même façon avec toi.

Au moment où Rosalie avance cette dernière phrase, un frisson glacial lui parcourt le dos. Son regard se perd au plafond, à gauche, à droite. Elle transmet sa panique aux deux autres. Pointant un index sur ses lèvres, d'un œil oblique, Rosalie attire ses amies sur la terrasse.

— Florence, tu t'charges de la cuisine. Émilie, tu t'occupes du séjour, moi, j'vais dans la chambre et la salle de bains. Son timbre rauque de rockeuse souffle ses consignes le plus faiblement possible. Si nous trouvons quelque chose, on débranche, ok ?

Quand nous aurons terminé, on fout l'camp d'ici, j'vous invite au Métropole. À partir de maintenant, plus un mot.

Au total, elles découvrent six caméras et neuf micros. À 3 h 48, elles gagnent le Métropole.

— Je ne comprends pas. Pourquoi s'en prend-il à moi ? Je ne suis ni vieille ni pleine aux as.

— T'es naïve ! ne peut s'empêcher de lancer Rosalie, un véritable oiseau pour le chat. T'as rien signé j'espère ? Ce genre de mecs fonctionnent tous sur un modèle classique. J'parie qu'il t'a demandée en mariage.

Piquée dans son orgueil, Florence hésite à répondre. Un feu de honte lui brûle les joues. Elle se sent humiliée par sa propre idiotie. Émilie perçoit le malaise, elle intervient.

— Nous ne sommes pas là pour accuser Florence, mais pour l'aider. Alors, pas de panique, en trois semaines, il n'aura pas eu le temps de passer à l'action. La situation est encore récupérable. Nous avons déjà viré le matériel de surveillance, à présent, nous allons chercher l'endroit où il se trouve et le faire coffrer. Avec ses antécédents, il va finir ses jours en prison. Bon débarras !

— Non, malheureusement ! s'insurge Rosalie. Fred a été clair là-dessus. Y'a rien dans le dossier qui permette d'établir la culpabilité d'ce détraqué, en plus, il a des appuis haut placés. Fred a précisé très, très haut placés. Nous ne pouvons pas compter sur les flics, va falloir nous débrouiller toutes seules.

— Mais comment ? Nous ne sommes pas enquêtrices. Cette histoire me fiche la trouille, je l'avoue. Mettez-vous à ma place, je suis la victime quand même.

Rosalie s'adoucit. Instinctivement, elle prend la situation en main, car sa longue expérience avec les hommes a laissé des traces, elle a renforcé sa perspicacité. Les salauds, elle les repère à dix kilomètres.

— Dis-moi, ce Frank Baron, lui est-il arrivé d'oublier d'être délicat, romantique, charmant, attentionné, enfin tout le tralala du parfait pervers ? S'est-il montré parfois agressif, exigeant ou vindicatif ?

— Non.

— T'en es sûre ? Il ne t'a jamais malmenée ou interdit quelque chose par exemple ?

— Eh bien si, il m'a demandé de ne pas lire les deux derniers chapitres du livre. Tu vois, ce n'était rien d'important, une bêtise.

— C'est tout ?

— Non, tout à l'heure, au téléphone, il m'a interdit d'adresser la parole au gardien. Il avait l'air terriblement contrarié. J'ignore pourquoi.

— J'ai mon idée sur la question, j'vous en parlerai demain. Maintenant, allons dormir, j'sais pas vous, mais moi, j'suis crevée. Laissons macérer ce gros connard une nuit encore, après, il va voir de quel bois on s'chauffe !

Rosalie invite ses amies à rejoindre leur lit. Heureusement, en revenant à Monaco elle a réservé sa suite préférée. Un étage entier avec une terrasse immense et quatre chambres. Elle aime bercer ses rêves dans le luxe.

*F*rank Baron s'était lancé un défi ; forcer sa prochaine victime à admettre l'inadmissible. Ses prouesses précédentes finissaient par lui monter à la tête. Il ne se satisfaisait plus de victoires facilement gagnées ou de femmes acquises d'un simple claquement de doigts. Il voulait se confronter à une adversaire plus coriace et déployer une stratégie beaucoup plus complexe. Le jour où il avait croisé la jolie Florence, il s'était immédiatement mis au travail. Elle rassemblait l'ensemble des atouts qui allaient donner à son challenge le piment escompté ; elle était intelligente, indépendante, riche et seule. Cette dernière condition était incontournable. Une femme seule est en perpétuel combat contre le manque d'amour.

Après dix mois d'observation, Florence, sans le vouloir, lui avait fourni la clé de la porte par laquelle il décida d'entrer dans sa vie. Elle semblait captivée par un roman. Il l'avait surprise, des larmes plein les yeux, sur un banc public. Fait inédit, puisqu'elle ne lisait jamais en journée. Intrigué, Frank s'était procuré l'ouvrage. L'histoire, romantique au départ, finissait en thriller diabolique. Directement, Frank avait adoré le personnage principal avec son imagination tordue au service de sa conception de la torture. L'originalité de son dernier projet criminel lui avait donné une idée. À *l'instar de Frank Baron, il possédait la proie et il tenait entre les mains l'arme du crime. Calquant son image sur celle du personnage, il était allé jusqu'à se faire tatouer l'avant-bras. Le jeu valait ce sacrifice.*

À présent il était fin prêt, sa victime aussi. Il ne lui restait plus qu'à s'introduire chez elle, se cacher sous le lit et attendre. Il avait répété longtemps l'acrobatie qui donnerait l'impression qu'il sortait du livre. La pirouette avait demandé une bonne préparation. Elle ne fut pas nécessaire, Florence lui avait facilité la tâche en allant se resservir un verre de vin. Il en avait profité pour se glisser sous les draps, un peu déçu de voir ses plans ainsi édulcorés.

Émilie, horrifiée par ce qu'elle vient de lire ne peut poursuivre. Cet avant-dernier chapitre décrit, dans les moindres détails, la rencontre de Florence avec son bourreau. Tout y est. Les endroits où sont cachés les micros dans l'appartement, les termes utilisés dans la phase de séduction, la villa de Santorin, le maillon ouvert gravé dans la peau, les douleurs abdominales, les vomissements…

— Mon Dieu, ne peut retenir Émilie, il a empoisonné Florence !

Un rapide coup d'œil à sa montre, il est déjà midi. Ses amies dorment encore à poings fermés. Pour une fois, elle ne regrette pas son côté matinal, il lui a permis de prendre un peu d'avance sur les projets du tueur. Elle n'imaginait cependant pas, en faisant son footing sur la plage, qu'elle serait capable d'investiguer et de trouver des indices. La course l'aidait à penser, c'était sa façon d'évacuer le stress. Souvent, des idées géniales perlaient dans son esprit en même temps que la sueur sur son front. Ce matin, elle cherchait à s'expliquer pourquoi Frank Baron avait interdit à Florence de lire les deux derniers chapitres du roman. Plus elle songeait à ce roman, plus elle comprenait que s'il était la source du problème, il devait aussi fournir la solution. Elle avait bifurqué en direction d'une librairie.

*

— Allo, ici le docteur Rigers, pouvez-vous me passer le laboratoire s'il vous plaît ?

— Un instant docteur.

Un concerto de Bach, servi par des notes métalliques, ressasse en boucle les trois mêmes phrases musicales. Émilie s'énerve, l'attente devient insupportable.

— Le laboratoire, je vous écoute.

— Bonjour, mademoiselle, je suis le docteur Rigers, ose-t-elle avec aplomb, vous avez effectué une analyse de sang et d'urine hier sur une de mes patientes. J'aimerais connaître le résultat.

— Je ne sais pas si j'ai le droit de transmettre ces informations par téléphone, docteur. En général nous envoyons le protocole au médecin par courrier.

— En général la vie de mes patients n'en dépend pas, mademoiselle. Dans ce cas présent, je n'ai pas une minute à perdre, je vous donne le droit de me communiquer les résultats de suite.

— Entendu, docteur, un instant, je regarde.

Bach revient meubler l'attente avec ses accords de violon.

— L'analyse de sang est normale au niveau bactériologique et viral, mais il y a un taux élevé d'arsenic.

— Combien ?

— Dix milligrammes docteur, il y en a aussi dans les urines.

Une inquiétude évidente dénature la voix de l'infirmière.

— Merci, mademoiselle, c'est ce que je voulais savoir.

Ainsi, il a déjà commencé la phase d'empoisonnement. Logique, dans le livre elle débute avec la villa grecque offerte en cadeau avant la demande en mariage. Et après ? Que fait-il après ?

De la fenêtre d'un studio situé pile en face de l'hôtel, Frank observe. Les trois amies s'imaginent à l'abri. Elles pensent encore, en cet instant, qu'il est en Grèce, elles croient fermement à l'histoire aberrante de la villa de Santorin. Semez du rêve, vous récolterez de la crédulité ! Comment conçoivent-elles qu'on puisse offrir une villa de deux millions d'euros après une relation de trois semaines ? Surtout, quand on ne possède pas cette somme et que les clichés de ladite villa ont été pris en 2002. Les femmes décidément le décevront toujours. Celles-ci pourtant sont moins frustrantes que les autres. Elles se battent avec une certaine dose de matière grise. Il adore ça ! Encore quelques heures de répit, après, il refera son apparition. Il se réjouit à l'idée de tripler son plaisir. Car depuis la mort d'Amanda, il reste un peu sur sa faim. Ce fut trop facile. Elle a compris trop tard. Quant à Christophe, vu son âge, il n'a pas résisté longtemps. Il se trouve à présent face à trois jeunes femmes solides. Leur perspicacité relève le niveau. Il doit réfléchir attentivement à la façon dont il va se débarrasser des corps. L'image des courbes féminines lui enflamme les yeux. Les femmes décidément le fascineront toujours.

Il leur laisse douze heures exactement avant de revenir achever son travail.

— Rosalie, Florence, Vite, levez-vous ! Il nous observe, il est à deux pas d'ici !

Émilie brandit le livre, pointant de l'index les pages du dernier chapitre. Nous avons douze heures devant nous, pas une de plus. À une heure du matin, il va nous tuer, vous entendez ? Il va nous tuer.

Rosalie saisit le bouquin, elle lit en diagonale.

— Putain, j'le savais ! Ce type est un gros pervers, faut s'barrer les filles.

— Pour aller où ? Tu crois vraiment que nous serons à l'abri ailleurs ? Moi je ne bouge pas d'ici, il n'osera jamais s'en prendre à nous dans un lieu public.

— Florence à raison, nous serons plus en sécurité dans l'hôtel. Rosalie, téléphone à Fred, nous devons l'informer.

Elle file vers sa chambre où elle a laissé son portable. Fred ne répond pas. Elle insiste. Rien.

— Les filles, à présent faut arrêter de penser qu'on a *des* solutions. On n'a qu'*une* solution. Faut l'zigouiller !

— Tu es folle ! On ne va pas commettre un meurtre ? Émilie redouble de panique en voyant la détermination de Rosalie.

— Je ne veux pas qu'il meure ! Vous ne lui laissez aucune chance, vous l'accusez sans jugement. D'accord, tout n'est pas net, de là à l'éliminer !

— J'ai téléphoné à l'hôpital ce matin, il a essayé de t'empoisonner, Florence. Les analyses sont formelles. Je me demande finalement si Rosalie n'a pas raison. Ce type est très dangereux, qui va nous en protéger ? Personne ! La police est de mèche, Fred ne répond pas et l'heure tourne ? C'est lui ou nous.

— Je ne veux pas qu'il meure !

— Tu préfères que ce soit nous ? Rosalie feuillette le roman, s'attarde sur le chapitre de l'empoisonnement. T'es bourrée d'arsenic, ma pauvre vieille, tiens, lis ça. Un peu plus, tu clamsais sur place. Alors, maintenant, tu la mets en veilleuse et tu nous laisses gamberger. On va buter c't'ordure avant de passer nous-même l'arme à gauche. On n'a pas le choix !

Florence saisit le livre. Elle n'a jamais autant redouté d'achever une lecture. Le dernier chapitre noircit les pages avec des mots cruels. Ils salissent ses sentiments, ils injurient sa confiance. En remontant le fil de son histoire, elle découvre une femme endormie dans ses tripes. Une amoureuse trahie, capable de se venger, capable de tuer.

Elles ne pouvaient pas compter sur l'ex de la copine. Frank avait pris soin de le neutraliser. Il avait l'habitude, les bonnes femmes ont toujours un mec prêt à les aider. Elles étaient seules à présent, cloîtrées dans le palace. Il regardait défiler les heures avec une impatience mal contenue. À minuit, il eut presque envie de rompre l'échéance qu'il avait lui-même fixée. L'idée de les surprendre l'excita au point d'accélérer sa respiration. Il les imaginait, fourmillant de gauche à droite, hurlant dans la suite insonorisée. Il jouissait intellectuellement. La panique leur faisait perdre leurs moyens. Elles fuyaient de la chambre en oubliant d'emporter les outils qu'elles s'étaient procurés dans le local de maintenance. En rompant le pacte, en arrivant avec une heure d'avance, il ne courait aucun danger. Cette constatation brouilla son extase. Le danger restait sa seule preuve d'existence. Sans l'adrénaline, il ne se sentait pas plus vivant qu'un ficus.

*

— Il sera là dans une heure ! J'ai peur.

Florence se réfugie dans les bras d'Émilie. Elle ressemble à une enfant.

— Il ne peut rien nous arriver. Si tu tiens bon, nous lui réglerons son compte en moins de trois minutes. Allez, on répète encore une fois.

Elles se positionnent. Florence devant la baie vitrée, Rosalie derrière la tenture, Émilie en embuscade dans le salon. Elles ont calqué le plan d'attaque sur celui du livre. C'est grâce à lui qu'elles ont eu l'idée d'aller se procurer une hache et un maillet dans le local de maintenance. La stratégie est simple. Florence accueille Frank en tentant de négocier. Rosalie bondit des rideaux et le décapite. Émilie intervient avec le maillet au cas où la manœuvre de décapitation échoue. D'un commun accord, elles n'ont pas achevé la lecture du roman. La fin de cette histoire ne peut être écrite à l'avance. Cela n'est pas possible. Cela n'existe pas.

– Une heure moins cinq ! C'est maintenant, chacune en position. Rosalie coordonne l'assaut en cachant au mieux ses angoisses. Les filles, j'vous promets que si nous nous en tirons entières, j'me range. J'arrête tout, l'alcool, puis l'reste !

– Moi, je vous promets de ne plus jamais vous saouler avec mes leçons de morale. Je ne vous l'ai jamais dit, mais j'adore votre grain de folie à toutes les deux.

– Rosalie, Émilie, vous êtes les meilleures amies du monde. Je vous promets de ne plus jamais lire des romans d'amour.

– Chut, le voilà !

Rosalie ne respire plus. Un silence de mort orchestre la pénombre de la chambre.

– *Tu m'attendais… tu vois, je ne voulais pas rater un si beau rendez-vous. Je suis là.*

— *Frank, il faut qu'on parle. Tu es un homme merveilleux, j'en suis certaine, tu ne peux pas continuer à t'identifier à un personnage de roman.*

— *Pourquoi ? Frank Baron te ferait-il peur ? Ou te déçoit-il ?*

— *Frank Baron n'existe pas, tu es Félix Brobick, un homme de chair et d'os dont la vie n'est pas écrite. Les livres racontent des histoires, Félix, ils n'enferment pas la vérité. Tu sais parfaitement de quoi je veux parler.*

— *Non, explique-moi, ça m'intéresse beaucoup.*

Elle se remémore au mieux les articles scientifiques qu'elle a lus sur Internet. Les détails ne reviennent pas, la peur tétanise ses neurones. Elle s'accroche au fil de la trame des individus pervers. Ils ont toujours un compte à régler avec leur mère.

— *Il était un petit garçon à qui la maman racontait des histoires chaque soir. Elle commençait par ouvrir un livre, ensuite, elle s'asseyait sur le bord du lit, près de la lampe. Sa voix s'adaptait aux personnages. Le petit Félix adorait l'entendre prendre la voix du méchant loup.*

— *Assez ! Tu dis n'importe quoi ! Ma mère ne m'a jamais lu d'histoire.*

— *Elle continuait à raconter jusqu'au moment où elle voyait les rêves sortir des cheveux de son petit Félix. Elle posait alors un baiser sur la tête chaude. Elle caressait les boucles blondes un peu humides de transpiration, puis elle quittait la chambre sur la poi…*

— *Arrête ! Il lui saisit le bras, plaque son torse contre sa poitrine. Les mots grincent entre les dents. Je t'interdis de parler de ma mère. La colère colore son visage, il ne maîtrise plus ses pulsions. Tu vas voir ce qu'il en coûte de se mesurer à moi.*

Rosalie rate sa cible. La panique et le poids de la hache l'ont fait vaciller. Elle a toutefois largement entaillé l'épaule de Frank. Dans un cri de douleur, il lâche Florence qui se sauve dans le couloir. Émilie lui assène un bon coup sur la tête. Il s'effondre. Elles n'attendent pas de savoir s'il est encore en vie. Elles filent vers l'ascenseur, insistent sur le bouton. Au moment où la porte se referme, Frank tente de la bloquer.

Le hall est désert, ce n'est pas normal, il y a toujours du monde à la réception des palaces. Les portes d'entrée sont fermées. Frank arrive par le deuxième ascenseur. Elles courent, slaloment entre les tables du restaurant. Elles n'ont d'autres choix que de se diriger vers la cuisine. La respiration de Frank les terrorise, ses poumons sifflent, sa gorge recrache l'air dans un râle animal.

Sa plaie à l'épaule saigne abondamment. Il souffre. S'arrête un instant. S'éponge avec une serviette avant de reprendre sa traque. Il ne les voit plus.

— *Je sais où vous êtes. Votre dernière heure est venue.*

Recroquevillées sur une étagère du large plan de travail, les trois filles ne bougent plus. Le moindre geste leur serait fatal. Rosalie observe les alentours tout en analysant la situation. Les jambes de Frank frôlent le pull d'Émilie en passant devant l'îlot central. Son cœur bat à tout rompre.

— Je sais où vous êtes, je vais vous tuer.

Il chantonne à présent. Sa tête monte et descend, tourne de gauche à droite, il ressemble à une poule étonnée. Mais ses yeux injectés de sang rappellent ses intentions meurtrières.

— *Venez voir Frank les fifilles. Il va vous donner des bonbons.*

Il est fou, complètement fou. Ce sont les plus dangereux. Épouvantée, Florence se dit qu'elle n'a plus rien à perdre. À cause d'elle, ses deux amies vont peut-être mourir. Elle doit agir vite.

D'un bond, elle sort de sa cachette. Son instinct de survie associé à l'énergie de sa peur lui insuffle une force hors du commun. Elle pousse Frank qui tombe à terre en se frappant la tête contre l'angle de la cuisinière. Les deux autres arrivent, le maintiennent au sol comme elles peuvent.

Il faut trouver une solution. Elle est là, la solution, devant Rosalie. Elle fait un signe à Florence, lui montre du menton la porte métallique dans son dos. Florence se retourne, elle comprend. La poignée libère le joint étanche. Ensemble, elles poussent Frank à l'intérieur du congélateur et claquent la porte.

— *Vite, amène le balai, on va consolider la fermeture.*

Sans une once d'hésitation, Florence tourne le thermostat sur – 45°. Personne ne peut survivre plus de quelques heures dans ces conditions.

— On ne bouge pas d'ici, il est hors de question de prendre le risque qu'il nous échappe. Rosalie est la première à réagir. J'vais rechercher la hache et le maillet, en attendant, v'là des couteaux, au moindre bruit suspect, hurlez de toutes vos forces. Vous êtes les meilleures, les gonzs, on l'a eu cette crapule !

Rosalie retient son émotion, elle n'aime pas les effusions ni les larmes, cela n'est pas très rock. Alors, elle tourne sa main trois fois au-dessus de sa tête en se déhanchant dans un « Yehhhh » rocailleux qui signe sa plus belle victoire.

Au petit matin, les trois filles sont toujours adossées au congélateur. Elles se sont relayées afin de pouvoir dormir quelques heures, mais la fatigue les gagne. Les turpitudes de la nuit ont eu raison de leurs dernières forces.

— Courage, encore deux heures à tenir. Nous partirons quand le personnel de cuisine prendra son service. Si on nous trouve ici, cela risque d'éveiller des soupçons.

Émilie est la plus solide des trois. Elle a fait preuve d'un sang-froid impressionnant. Quand Rosalie s'est écroulée en ronflant après avoir voulu se remonter le moral à l'aide d'un Glenfiddich de 30 ans d'âge, c'est elle qui a repris les choses en main. Elle a installé des lits de fortune, défini les temps de veille, puis elle a planifié la suite.

— L'avantage d'un corps gelé, c'est qu'il ne dégage pas d'odeur. D'ici à ce qu'on retrouve celui de Frank, nous serons loin. En le glissant sous la dernière étagère, derrière les cartons de beurre, plusieurs mois devraient s'écouler.

Le scénario plausible d'Émilie fournit à chacune des alibis en béton. Seul, le silence de Fred pose problème, car si Frank l'a tué, la police interrogera forcément Rosalie. De là à remonter jusqu'à l'enquête menée à sa demande, il n'y a qu'un pas. Heureusement, à 2 h 18 exactement, Fred a appelé. À sa façon de s'exprimer, Rosalie a compris qu'il devait être en piteux état. Poussé par Frank du haut d'une falaise, il s'en est sorti par miracle en s'accrochant à la branche d'un arbre. Il a rejoint la route péniblement où un automobiliste l'a conduit à l'hôpital. Quand il a téléphoné, il venait d'être admis au service des urgences avec de multiples contusions et une jambe cassée. C'est à ce moment-là que Rosalie avait craqué. Elle réalisait à quel point elle tenait à Fred et combien il lui manquait. Avant de se « remonter le moral » au whisky, elle avait avoué ses sentiments à ses amies. Dédaignant le verbe aimer, elle avait déclaré :

— *Ce mec, j'le kiffe !*

— J'ai entendu du bruit. Je crois que le personnel arrive. Émilie rassemble les coussins éparpillés sur le carrelage. Vite, les filles, on y va.

— Attendez, pas question de partir d'ici sans s'assurer qu'il soit mort. Si vous ne voulez pas vérifier, je comprends, mais moi, je ne pourrai jamais être en paix tant que je ne l'aurai pas vu dans sa version cadavre.

Florence a déjà la main sur la poignée de la porte.

— On vient avec toi, s'exclament les deux autres en chœur.

Le froid à l'intérieur est intenable. Une lumière chétive éclaire le congélateur. De la buée de glace trouble la vue. Quand leurs yeux finissent par s'habituer, ils parcourent les 10 m^2 sans trouver ce qu'ils cherchent. Un effroi les saisit. Les cartons sont intacts, la porte n'a subi aucun dommage, elles n'ont pas bougé de la cuisine, pourtant, Frank Baron a disparu.

Chaque soir, depuis l'âge de vingt ans, Florence se soumet au même rituel. À 20 h, elle prend un bain chaud parfumé avec quatre gouttes d'essence de fleurs d'oranger, ensuite, elle se sert un verre de vin blanc frais et enfin, après s'être calée confortablement dans son lit, le dos contre son oreiller, elle ouvre un roman. Les voisins font du bruit, ils se disputent encore. Les voisins se disputent tous les soirs dans son HLM. La misère rend agressif.

Florence ne sait plus si elle a rêvé ou si Frank Baron a réellement croisé sa route. Elle sait seulement qu'elle a failli mourir, ses amies et Fred aussi. Ils ont tenté de la rassurer, Rosalie est allée jusqu'à affirmer qu'elle n'a jamais mis les pieds à New York. Ils mentent. Le médecin est de mèche. Son protocole d'analyses a été trafiqué, étrangement, il n'atteste plus de la présence d'arsenic. Le mot arsenic la glace, il la terrorise. Le docteur lui a prescrit du repos et une aide psychologique. Il la bombarde de calmants. Il dit qu'avec ce genre de pathologie, une phase de paranoïa, ça arrive souvent en cas de surmenage.

Le roman attend sur la table de nuit, un signet planté entre la 838ᵉ et la 839ᵉ page. Cette dernière page qu'elle hésite à lire depuis trois mois. Cette dernière page qu'elle décide de lire ce soir, pour en finir.

Frank Baron avait scié les parois du congélateur dans l'après-midi en se faisant passer pour un technicien. Personne ne lui avait posé de question. Ce fut plus difficile de vider le hall. Muni d'une carte de la police criminelle, il avait intimé l'ordre d'évacuer les lieux dans le calme. Un terroriste menaçait de tout faire péter. Seul le majordome avait posé problème, sa méfiance lui valut un aller simple pour l'enfer.

Frank avait apprécié de se distraire avec Florence, à présent, il se réjouissait de jouer vraiment. Il adorait lire la peur dans son regard, sentir son haleine devenir acide. Il regrettait qu'elle soit sous tranquillisants. Il aimait qu'elle se rebelle. Il aimait aussi que l'auteur le laisse s'exprimer…

— Nous n'avons pas fini de nous amuser, Florence, crois-moi, tu entendras parler de moi encore longtemps, très longtemps.

Où que tu te réfugies, je serai toujours là…

Née à Liège, Dominique Van Cotthem a travaillé dans la création florale durant de nombreuses années avant de bifurquer radicalement vers un poste de secrétaire en maison de retraite.

Tant de rencontres, mêlées aux différentes formes artistiques qu'elle a approchées, alimentent son imagination.

Son premier roman, *Le sang d'une autre*, a reçu le Prix Femme Actuelle Coup de cœur des lectrices en 2017.

La fille qui ne tournait pas les pages

Frank LEDUC

Bibliothèque nationale de France - un matin de décembre.

La seconde fois que Simon posa les yeux sur elle, c'était un jeudi. La Tour des Lettres venait d'ouvrir ses portes et le septième étage était déjà inondé d'un soleil naissant. À l'extérieur, un gigantesque sapin scintillant trônait au milieu d'une nature gelée qui supportait difficilement le poids d'un hiver rigoureux. Toutes les tables de lecture en bois laqué étaient encore vides. Toutes, à part une, la sienne.

Sur le côté, discrète, elle était presque invisible pour qui n'y prêtait pas attention. En passant à proximité, Simon avait cherché à croiser son regard, furtivement, mais il lui avait immédiatement échappé. Comme un petit animal surpris, elle s'était réfugiée dans son livre. Quel livre ? Il aurait aimé le savoir. Des poésies, des épopées historiques ? Ou bien de la littérature étrangère ? Bien qu'elle en eût l'âge, il ne l'imaginait pas étudiante comme lui, elle n'en avait ni le style ni l'allure.

Il s'était assis à quatre rangées derrière elle. Ni trop près ni trop loin. Juste ce qu'il fallait pour pouvoir l'observer, sans trop en avoir l'air. La première fois qu'il l'avait vue, c'était une semaine plus tôt, à l'étage des auteurs dramaturges contemporains. Elle cherchait maladroitement à attraper un ouvrage trop haut pour elle. Il avait voulu l'aider, mais il était arrivé trop tard et le livre était tombé sur ses pieds. Elle l'avait d'abord regardé avec inquiétude, puis elle avait ramassé le livre. « Excusez-moi », avait-elle murmuré, avant de retourner s'asseoir en serrant sa prise sur sa poitrine. Cette fois-là, il avait eu le temps de voir la couverture « Cyrano de Bergerac ». Quelle jeune fille pouvait lire du Edmond Rostand dans une bibliothèque en 2019 ? La réponse était incertaine, mais le livre n'était pas son principal attrait. Dès qu'il l'avait regardée, il avait ressenti une attirance. Ça n'avait pas de rapport avec ce qui s'était passé, mais plutôt un pincement, un équilibre, une harmonie… inqualifiable. « Excusez-moi », s'était-il répété durant les jours qui suivirent en essayant de se remémorer le timbre particulier de sa voix. Le lendemain, il était revenu, à la même heure, au même endroit. Il avait espéré qu'elle serait une habituée et qu'il la retrouverait facilement, mais ce ne fut pas le cas. Il avait parcouru les autres étages, tous, sans exception, y compris ceux dédiés aux nanosciences, à la théologie ou aux arts antiques, mais pas de trace de la belle inconnue. Le surlendemain et les jours suivants, pas plus. Jusqu'au vendredi, une semaine plus tard, où elle était réapparue au septième étage, comme un ange au milieu des mortels, splendide et discrète.

Il ôta son blouson, sortit ses lunettes, ses cahiers de cours et alluma l'éclairage individuel devant lui. Il avait toujours apprécié cet endroit où il sentait que le poids de la culture était supérieur à celui de sa désinvolture. Il aimait s'y retrouver pour étudier ou bien lire, et encore plus aujourd'hui. Dans l'appartement qu'il partageait avec deux colocataires, la concentration lui était presque impossible. Inscrit en troisième année d'Histoire à Tolbiac, il avait suivi le chemin que ses facilités intellectuelles lui avaient autorisé, sans trop forcer. Bien à l'abri dans le creux du peloton. L'approche de la fin du cursus, espérée par la plupart de ses camarades comme une libération, provoquait chez lui une angoisse inattendue. Il allait devoir quitter le monde universitaire et, malgré ses 22 ans passés, il ne se sentait pas encore tout à fait prêt. Son cursus sentimental était au diapason, beaucoup de recherches, peu d'élues et pas d'empressement. Pourtant, il avait une aisance dans les relations qui le rendait séduisant, mais il manquait d'entrain et toute forme d'engagement l'effrayait. Il n'avait jamais ressenti le besoin de partager ses vacances, ses week-ends, ni la futilité de sa vie avec qui que ce soit. Il préférait le rôle de l'amant d'un soir, l'épaule sur laquelle pouvaient se reposer les filles après une rupture ou un passage difficile, mais rarement au-delà.

Elle était assise en tailleur sur son siège, mais de loin ça ne se remarquait pas. Il l'observa discrètement. Un pantalon de velours rouge, des bottines usées en cuir épais, un foulard blanc et un blouson gris de faible qualité qu'elle n'avait pas encore ôté. Elle devait avoir froid, songea-t-il, pourtant la bibliothèque était bien chauffée, mais sa position recroquevillée laissait penser le contraire. Elle était habillée exactement comme la première fois. Comme si quelqu'un l'avait prise une semaine plus tôt pour la déposer au même endroit.

Au fil des jours, il avait perdu l'espoir de la revoir. Maintenant qu'il était près d'elle, il se sentait paralysé. Il voulait l'aborder, mais pour ça non plus, il n'était pas très habile. Et puis, vu la froideur de leur première rencontre, il était presque persuadé qu'elle allait l'éconduire. Il fallait trouver quelque chose d'intelligent, mais quoi ? Silencieusement, il relut la feuille qu'il avait devant les yeux sans en retenir le moindre mot. Puis, il remarqua quelque chose de surprenant qui lui avait échappé jusque-là. Depuis qu'il était arrivé et qu'elle semblait absorbée par son livre, elle n'avait pas tourné une seule page.

Quelques minutes plus tard, de nombreux visiteurs avaient investi le septième étage de la tour des Lettres. La plupart étaient des étudiants comme lui, les autres des touristes, des retraités, ou bien des personnes en quête de quiétude pour effectuer un travail particulier. Il se leva, laissa ses affaires derrière lui et se dirigea vers les ascenseurs. C'était le moment de vérité, celui de l'approcher et, au-delà de toutes les questions qu'il se posait à son sujet, son cœur se mit à battre plus fort. Lorsqu'il passa à sa hauteur, il ralentit subtilement l'allure afin qu'elle le regarde. Ce fut son premier échec. Il s'arrêta. Elle était tellement absorbée par le livre qu'elle ne le remarqua même pas. Il toussota pour attirer son attention. Elle leva la tête. Le temps lui sembla subitement suspendu.

– Bonjour…

Elle ne répondit pas et le fixa de ses grands yeux noisette. Il regretta instantanément de l'avoir abordée ainsi.

— Vous vous souvenez de moi ? Le livre sur les pieds, l'autre jour ? Les pieds… c'étaient les miens !

Il lui adressa un sourire embarrassé. Il était ridicule.

— Oui, je me souviens.

Il avait espéré plus d'enthousiasme, mais elle resta neutre. Il reconnut néanmoins la petite fragilité et l'accent du sud qui l'avait troublé une semaine plus tôt. Elle avait un regard profond et glaçant qui devait facilement décourager les importuns. Elle n'était pas maquillée, mais ses traits fins pouvaient le laisser penser. Ses affaires et son allure ne la mettaient pas en valeur, pourtant il la trouvait d'une beauté presque irréelle.

— Vous aimez Edmond Rostand ?

— Je ne connais pas très bien.

— C'est étrange comme lecture pour une fille de votre âge…

— Ah, oui ? Pourquoi ça ?

C'est vrai, pourquoi étrange… ? Elle avait peut-être mal interprété ce qu'il venait de dire. Plus il parlait, plus il se trouvait risible. Il avait envie de s'enfuir en courant et en même temps, malgré la gêne, de prolonger ce moment le plus longtemps possible.

— Vous lisez quoi aujourd'hui ?

Sur la page ouverte, une illustration en noir et blanc présentait un sous-marin aux prises avec une pieuvre géante. Elle tourna la couverture rouge vers lui.

— Oh... Vous aimez Jules Verne ?

Elle ne répondit pas et le regarda comme s'il venait à nouveau de dire une bêtise. Il réfléchit, subitement incertain, « Vingt mille lieues sous les mers », si pourtant, c'était bien Jules Verne. Qu'est-ce qui ne collait pas ? Elle détourna les yeux en passant son doigt en va-et-vient sur l'encolure du livre. Il resta quelques secondes silencieux puis se décida à dévoiler son jeu.

— J'allais me chercher un café au distributeur qui est près des ascenseurs.

Elle l'observa sans rien dire.

— Si vous voulez, je peux vous en rapporter un ?

— Non, je vous remercie, mais je ne bois pas de café.

— Ou autre chose ?

— Je ne bois pas autre chose non plus, répondit-elle sans le quitter du regard.

— Vous ne buvez rien ? Jamais ?

Elle lui adressa un sourire, le remercia à nouveau et se replongea dans son livre. Il s'éloigna sans insister davantage. Évidemment, l'expérience avait été brève et sur l'échelle de la séduction, il était très bas, mais il avait réussi à engager la conversation. C'était là l'essentiel et puis, elle avait paru plus mal à l'aise que véritablement agacée. Certes, elle n'avait pas prononcé beaucoup de mots, mais suffisamment pour lui laisser espérer un attrait pour son audace maladroite.

Ils ne faisaient pas partie du même monde. C'était visuellement évident. Elle semblait démunie, fragile, peut-être pas dans la misère, mais loin de l'opulence. Souvent, pour les gens comme lui, ces choses-là se perçoivent avant de se dire. Enfant unique de parents fortunés, il avait vécu toute son enfance dans la bourgeoisie éduquée de la proche banlieue parisienne. Sans que ce soit une réelle volonté, sa vie avait toujours gravité dans ce milieu et il se trouvait emprunté lorsqu'il côtoyait des personnes qui n'en faisaient pas partie. Ce n'était pas un refus, simplement un état de fait, une angoisse qu'il ne parvenait pas toujours à dissimuler. Il n'avait pas les bons codes, pas les bonnes attitudes et rarement les mêmes centres d'intérêt. Aujourd'hui, pour la première fois de sa vie, il en ressentait un réel handicap. Comment séduire une fille qui n'avait pas le même langage social que lui ? Il n'en avait aucune idée…

Lorsqu'il repassa devant elle avec son gobelet à la main, il remarqua qu'elle en était toujours au calamar enveloppant le sous-marin du capitaine Némo. Il était parti au moins dix minutes, pourquoi n'avait-elle pas tourné la page ? Apprenait-elle le livre par cœur, ou bien y avait-il une autre raison ? Avec Cyrano, il pouvait encore imaginer une actrice de théâtre récitant silencieusement son texte, mais avec le calamar ? A peine était-il revenu à sa place qu'elle se leva et prit son sac. Elle fit quelques pas rapides dans le rayon en face d'elle, reposa la capitaine Némo, le sous-marin et le calamar, puis se dirigea vers les ascenseurs. Le temps que Simon rassemble ses affaires et enfile la manche de son blouson, elle y était déjà. « cling », il la vit entrer à l'intérieur. « cling », la porte se referma. Il traversa l'assemblée en courant sous les regards réprobateurs. Il appuya plusieurs fois sur le bouton d'appel, l'un des ascenseurs s'ouvrit rapidement. C'est trop bête pensa-t-il durant le temps qui le menait au rez-de-chaussée. Une poignée de secondes plus tard, lorsque la porte s'ouvrit sur le hall d'accueil, elle n'y était déjà plus. Sans imaginer ce qu'il pourrait lui dire s'il la rattrapait, il se précipita à l'extérieur. La nuit était étoilée et le froid saisissant, mais à sa grande surprise, la rue était déserte. Personne, ni vers le quai François Mauriac ni vers le métro. Où était-elle passée ? Il remonta les quelques marches de l'entrée principale pour se donner un meilleur angle de vue. Toujours rien. Les deux vigiles qui filtraient l'entrée du bâtiment le regardaient faire d'un air moqueur. Sans se formaliser, il se dirigea vers eux.

— Bonsoir messieurs,

— …soir, répondit nonchalamment le premier.

— Pouvez-vous me dire dans quelle direction est partie la jeune fille qui vient de descendre ?

— Qui vient de descendre ? répéta-t-il.

— Oui. C'est une amie. Elle a… elle a oublié quelque chose que je voudrais lui rendre.

Les deux hommes se regardèrent encore plus moqueurs qu'au début, avant que le second ne finisse par répondre.

— Vous avez dû la rêver votre amie, parce que personne n'est sorti depuis plus de vingt minutes…

Les jours qui suivirent lui semblèrent plus longs qu'ils ne furent en réalité. Il passa quotidiennement par la bibliothèque, le matin, l'après-midi, le soir, à chaque fois que son emploi du temps d'étudiant le permettait, c'est-à-dire très souvent. Il s'épuisa à parcourir chaque étage en espérant la voir réapparaître, à tel point qu'à plusieurs reprises les vigiles s'intéressèrent à ses déambulations. Mais jamais elle ne réapparut. Il y avait un mystère derrière tout ça et il voulait le découvrir.

La nuit et la brume étaient tombées derrière les grandes baies vitrées. Ce soir-là, une pellicule de neige recouvrait les rues de la capitale. Un évènement rare qui donnait l'impression aux Parisiens de déménager sans même avoir quitté leur appartement. Tout semblait plus beau qu'à l'accoutumée, plus propre, différent. Il s'était placé à l'endroit précis où il l'avait vue la fois précédente. Comme toujours il avait passé un long moment à observer les allées et venues avec espoir, puis il avait fini par ouvrir ses cahiers de cours.

C'est le bruit de ses bottines sur le parquet ciré qui attira son attention. Son pas était énergique et ne faisait guère penser à quelqu'un venant étudier. Lorsqu'il la vit, il crut un court instant qu'elle se dirigeait vers lui, mais ce n'était pas le cas. Elle s'arrêta à plusieurs rangées et s'assit d'un mouvement brutal, comme si elle voulait se dissimuler d'un poursuivant. Simon regarda vers les ascenseurs, mais personne ne lui emboîtait le pas. Il avait imaginé qu'elle pouvait se trouver démunie, sans ressources, et qu'elle venait à la bibliothèque pour se réfugier du froid polaire qu'il faisait à l'extérieur. C'était une hypothèse qui lui paraissait plausible. L'espace était ouvert à tous ! Certes, il fallait une carte nominative et quelque chose lui disait qu'elle ne devait pas en posséder, mais elle avait peut-être un autre moyen d'entrer. Qui était-elle ? Qui était cette ensorceleuse qui avait pris possession de son esprit ? Il n'allait pas tarder à le savoir…

Il était perdu dans ses hypothèses lorsqu'ils arrivèrent ! Deux hommes en uniforme suivis d'un troisième en costume élégant qui portait des petites lunettes. Les trois individus fondirent sur la jeune fille, sans détour, visiblement informés du refuge où elle se dissimulait. Dans un premier temps, Simon n'entendit pas les propos échangés et le dos des hommes lui obstruait la vue. Puis très rapidement, le ton monta et il comprit que l'un d'eux avait attrapé l'ensorceleuse par le haut du bras. Il se leva et se précipita vers eux.

— On peut savoir ce qui se passe ?

— Vous êtes qui vous ? l'interrogea l'homme en costume.

— Un ami !

— Un ami… de qui ?

— De cette jeune fille. Elle est en cours à Tolbiac avec moi ! Et vous, qui êtes-vous ?

— Je suis le conservateur de la tour des Lettres, dit-il d'un ton supérieur. Cette fille est une petite mendiante. On l'a repérée, elle vient là régulièrement depuis plus d'un mois !

— Moi aussi je viens régulièrement, presque tous les jours, et pourtant je ne suis pas un mendiant !

La fille se libéra de la main de son agresseur et se rassit instantanément.

— Oui, mais vous…, balbutia l'homme visiblement ennuyé par cette intervention inattendue, vous ça se voit !

— Ah oui ? Et ça se voit à quoi ?

— Je la connais, je vous dis ! Elle et les gens comme elle. C'est mon métier.

— Vous la connaissez d'où ?

L'homme resta un moment incertain, comme si la réponse était évidente, puis il finit par lâcher...
— Ses vêtements !
— Parce que vous jugez les gens à leurs vêtements ? Si cette jeune fille décide de s'habiller comme un sac, ça vous pose un problème ? Il regretta instantanément cette formulation et chercha sans succès son regard. Elle semblait détachée, ailleurs, comme si la conversation ne la concernait pas.
— Mais, il n'y a pas que ça...

Simon le fixa d'un air autoritaire en lui faisant signe de poursuivre.
— Son allure !
— Encore mieux... Vous jugez les gens sur leur allure maintenant ? Vous savez que vous n'avez pas le droit de faire ça ? Si je vous dénonçais à la police, vous pourriez avoir de sérieux problèmes !

Craintivement, la fille sortit une carte de son sac et la tendit. L'homme la saisit. Il l'approcha de ses lunettes et l'observa en la retournant plusieurs fois. C'était une carte de la bibliothèque et à sa grande déception la cotisation annuelle y était acquittée. Hormis la photo, tout y semblait en règle.
— Il n'y a pas la photo sur votre carte !

— Je la mettrai, répondit-elle sans le regarder.

— Bon, allez… conclut Simon. Elle mettra tout ça au carré quand elle aura le temps, mais maintenant si vous permettez, mon amie et moi, nous avons du travail !

Le brouhaha avait fini par attirer l'attention et de nombreuses personnes s'étaient tournées vers eux. À court d'arguments, le fonctionnaire rendit le petit carton en se contentant de rappeler que sans photo, la prochaine fois, elle ne rentrerait pas. Elle acquiesça du menton avant qu'ils ne s'éloignent. Lorsqu'ils disparurent dans la cabine d'ascenseur, la jeune fille se leva, puis sans un mot pour son protecteur providentiel, partit en courant vers les sanitaires.

Simon resta seul. Il adressa un sourire embarrassé aux autres visiteurs et attendit en se faisant le plus transparent possible. Au moins cette fois, elle avait laissé son sac sur le siège, alors elle ne devrait pas disparaître. Plusieurs minutes plus tard en effet, elle réapparut, les cheveux tirés en arrière, le visage humide et les yeux rougis.

— J'ai préféré rester près de vos affaires… pour ne pas qu'on vous les pique, se justifia-t-il maladroitement.

– Merci.
– De rien.

C'était la première fois qu'il vouvoyait une fille de son âge. Elle lui semblait tellement lointaine, tellement irréelle, que le vouvoiement lui était venu spontanément. Ce n'était pas de la distance, c'était de la considération. Mais peut-être se trompait-il sur elle. Après la scène avec le conservateur, ils n'avaient échangé que peu de mots, puis il était retourné s'asseoir pour ne pas l'importuner davantage. Elle avait pleuré, il en était certain, en silence durant plusieurs minutes sans que personne à part lui ne le remarque. Plusieurs fois, elle regarda dans sa direction et c'est lui qui baissa les yeux. Après un temps, elle prit son sac, se dirigea vers les longs linéaires et en ressortit avec le livre à la couverture rouge. Il l'observa faire, discrètement. Elle ne retourna pas à sa place et vint directement s'asseoir en face de lui. Il ôta ses lunettes. Ils se fixèrent un instant. Il eut la furtive sensation qu'elle scrutait le fond de son âme.

— Toujours cette histoire de calamar ? dit-il en regardant la couverture du livre.
— Pourquoi avez-vous fait ça ?
— Fait quoi ?

— Pourquoi avoir dit que j'étais avec vous ?

— Ben… je ne sais pas, je n'ai pas réfléchi ! J'ai pensé que ça pourrait vous être utile…

— Ma carte de bibliothèque était en règle !

— Je me suis trompé. Mais sur le moment vu leur aplomb, j'ai pensé que ça ne serait pas le cas, alors j'ai voulu…

Il s'interrompit ne sachant pas quelle attitude adopter.

— Je vous remercie, finit-elle par dire.

— De rien !

Elle le fixa à nouveau, probablement sans se douter des ravages qu'elle provoquait dans son esprit.

— Vous vous appelez vraiment… Marie-Ange ? se hasarda-t-il en mentionnant le prénom qu'il avait lu sur la carte.

Elle baissa la tête et malgré ses yeux rougis, esquissa un léger sourire.

— Non.

— Comment vous appelez vous ?

Elle ne répondit pas, son regard perdu au-dehors. Il comprit qu'elle aurait aimé qu'on la voit différemment. Que dans la détresse, le plus pénible était souvent le regard des autres. Il tenta de changer de sujet.

— Vous aimez lire ?

— J'aime les livres.

À l'extérieur, la neige tombait maintenant à gros flocons. Les branches du sapin étaient recouvertes de blanc et seul le scintillement des guirlandes le différenciait des grands conifères qu'on pouvait trouver en montagne. Il venait de comprendre le mystère des pages qui ne se tournaient pas.

— Mais vous ne les lisez pas ?
— Non…

Il ne dit rien, ne voulant pas la mettre dans un embarras plus grand encore.

— Je ne sais pas, avoua-t-elle en le regardant de biais.

Il remit ses lunettes.

— C'est un endroit inattendu pour…

Elle le coupa.

— Vous ne connaissez pas la chance que vous avez de savoir ! Lorsqu'on ne sait pas, on est condamné à rester idiot toute sa vie… dit-elle en regardant les nombreux étalages de livres.

— Je ne crois pas que le fait de savoir lire ait un rapport avec l'intelligence.

— Vous le pensez, mais si vous ne saviez pas, vous verriez les choses différemment.

— Mais vous arrivez d'où pour ne pas savoir lire ?

– Il n'est pas nécessaire d'arriver de la lune…

Le fait est qu'il ne s'était jamais vraiment posé la question. Lire lui semblait naturel, sans effort, c'était comme manger ou respirer. Comment pouvait-on s'instruire sans lire ? Comment pouvait-on « ne pas savoir » ? Ce n'était peut-être pas l'intelligence, mais c'en était un outil important. Quelle couleur pouvait avoir le monde sans les livres ? Pour lui c'était incongru et les implications d'un tel handicap lui apparurent incommensurables.

– Vous venez ici pour vous protéger du froid ?

– Oui, un peu, mais j'essaie d'apprendre aussi, sinon j'irais ailleurs.

– Vous apprenez à lire, seule ?

– Oui, ce n'est pas très facile, mais ce n'est pas impossible. Je n'ai pas de quoi m'offrir un professeur. Et puis là où je vis, il n'y a pas de livres, alors je viens ici, je prends un livre et j'essaie de le comprendre, de reconnaître des mots. Lorsqu'il y a des dessins, c'est plus facile.

– Vous êtes courageuse…

– Merci.

– Ne le prenez pas mal, mais j'ignorais qu'il existait encore en France des gens qui ne savent pas lire.

— Alors, malgré la lecture, vous aussi il y a des choses que vous ignorez.
— Vous n'êtes jamais allée à l'école ?
— Si j'y suis allée, mais pas assez longtemps.
— Pourquoi ?

Elle haussa les épaules.

— Si vous voulez, je pourrais essayer de vous apprendre.
— Pourquoi feriez-vous ça ?
— Parce que je trouve que c'est cruel de ne pas pouvoir lire.
— Vous êtes professeur ?
— Non, pas encore, mais j'aspire à le devenir. Je fais des études dans ce sens.
— Vraiment ? Vous voulez enseigner la lecture ?
— Non, l'histoire.
— Ça n'a pas de rapport.
— Si, si, il y a un rapport. C'est l'envie d'enseigner, de transmettre. Considérez qu'en me permettant d'essayer de vous apprendre à lire, vous me permettez de m'entraîner !

Elle lui lança un regard espiègle.

— Je ne sais pas si je peux vous offrir ce cadeau.

Sur son visage, un joli sourire avait chassé les dernières larmes.

Elle était très organisée. Malgré son apparente précarité, c'est elle qui fixa le planning. Ils se retrouveraient tous les soirs entre 18h et 19h30 (heure de fermeture de la bibliothèque). Même si elle ne lui avait donné aucune explication sur ce faible créneau de disponibilité, Simon avait accepté sans broncher, hormis pour le jeudi où il jouait au squash avec ses copains de promo. En ce mois de décembre, les cours à la faculté étaient terminés depuis plusieurs semaines et il ne lui restait plus que les révisions en vue des partiels de janvier, il était donc très disponible. Une fois passé l'enthousiasme de la voir régulièrement, il s'était vite rendu compte de la difficulté de la tâche qui l'attendait... Comment apprendre à lire à quelqu'un ? Lui, il savait, comme la plupart des gens, mais comment avait-il su ? Peu de personnes s'en souviennent et pourtant, il y avait bien eu un début, un apprentissage, une méthode, une patience aussi, celle des institutrices et instituteurs qui avaient dû s'user à faire de lui ce qu'il était devenu.

Il commença leur première leçon par l'alphabet. C'était la logique. Mais très vite il comprit les limites de l'exercice et s'orienta plutôt vers les assemblages de lettres et la phonétique. Comme elle ne lui avait pas révélé son véritable prénom, il décida de l'appeler « Roxane », comme l'héroïne de Cyrano, le livre qu'elle lui avait fait tomber sur les pieds le jour de leur première rencontre. Au début, ça l'avait amusée, puis, lorsqu'il lui avait raconté l'intrigue d'Edmond Rostand, ça lui avait plu.

Après plusieurs jours d'un travail laborieux sur les sons, ils étaient passés sur les mots courts d'une ou deux syllabes. Elle fut émerveillée d'arriver à comprendre seule ses premiers mots, ses premières petites phrases. Comme les premiers pas d'un enfant, ceux-ci n'étaient pas assurés, souvent elle chutait, mais elle marchait. Rapidement, les séances n'en finirent plus. Tous les soirs, il fallait que le vigile de l'étage, un vieux métis qui commençait à bien les connaître, se déplace pour les faire quitter la tour des Lettres. La plupart du temps, ils continuaient dans l'ascenseur, dans le hall ou même sur le trottoir alors que le rideau de fer se refermait derrière eux.

Le soir de Noël, devant le grand sapin blanc, il lui proposa d'aller boire un verre afin d'arroser leurs épatants progrès. Elle regarda le ciel étoilé. Il avait pensé que c'était le bon moment. Elle sembla hésiter... « C'est gentil, mais je ne peux pas », finit-elle par répondre. Il inclina la tête, déçu. « Et puis, c'est Noël ce soir. Je suis attendue. Toi aussi d'ailleurs, j'en suis sûre ». C'était la première fois qu'elle le tutoyait, il en fut troublé, mais ne put se résoudre à la réciprocité.

– Vous habitez où ?

– Je préfère te laisser ce mystère. Ce n'est pas dans un château…

Puis, elle l'embrassa sur ses joues gelées, lui souhaita un bon réveillon et disparut comme chaque soir en direction des quais de Seine. Il resta immobile dans le froid à regarder celle qui en quelques jours était devenue le centre de son univers, s'éloigner dans la nuit. Il voulut courir, la rattraper, mais se ravisa. Plusieurs fois, il avait eu envie de la suivre, discrètement, pour savoir où elle allait lorsqu'elle n'était plus avec lui. Mais il ne l'avait pas fait. Au coin d'une rue, il aurait probablement découvert un centre d'hébergement, un foyer ou une maraude, tout ce qu'elle voulait lui cacher de sa vie. Alors, il s'était résigné. Il ne lui avait pas échappé que chaque jour elle faisait d'avantage d'efforts pour être plus jolie. Certes, elle portait toujours plus ou moins les mêmes vêtements, mais elle s'apprêtait davantage, se parfumait, ses longs cheveux bruns étaient toujours admirablement tirés en arrière et depuis quelques jours, il avait même remarqué quelques traces de maquillage sur son visage. Il aimait penser que c'était pour lui. Elle était tellement irréelle que parfois, il se demandait si elle existait autrement que dans son esprit.

Ils se retrouvèrent le 26 décembre en fin d'après-midi. La plupart des gens profitaient des fêtes en famille et la Tour des Lettres était pour une fois quasi déserte. Simon était venu un peu plus tôt qu'à l'accoutumée pour voir le conservateur. Cette fois, il lui expliqua toute l'histoire sans détour et s'acquitta officiellement des droits d'inscription pour elle, même s'il n'était pas capable de lui donner son véritable état civil. Ravi, le conservateur n'en fit pas une affaire et lui remit une carte toute neuve en bonne et due forme au nom étonnant que Simon lui communiqua. Conscient de la supercherie, celui-ci sourit, mais sans faire d'objection.

Lorsque Roxane se présenta au septième étage, elle était radieuse. Simon était tout excité. Après lui avoir demandé si elle avait passé un joyeux Noël, question à laquelle elle avait répondu par un « très bien » accompagné par un joli sourire, il lui remit la petite pochette qu'il avait préparée à la hâte. En découvrant son contenu, elle parut tout d'abord gênée avant de rougir jusqu'aux oreilles. Elle lut, sans qu'il l'y aide : « Ma-dam Ro-x-ane de

Berge-rac ». Son regard s'embruma. Elle retourna la carte, mais ne parvint pas à lire la dédicace qu'il avait écrite au dos. Elle lui remit à regret, pour qu'il lise pour elle.

— « Il n'y a ni mauvaise herbe, ni mauvais homme, il n'y a que des mauvais cultivateurs. »

Une larme coula sur sa joue.

— C'est de toi ?
— C'est de Victor Hugo.
— Je ne sais pas encore qui est ce monsieur Hugo… mais, je l'aime beaucoup.

Elle sortit de son sac un carton enroulé avec un ruban rouge et lui remit. Lui aussi fut saisi par l'émotion, car il pensait être le seul à avoir eu l'idée d'un cadeau. Il défit délicatement le petit ruban et découvrit un dessin réalisé au crayon de bois qui le représentait. C'était très réaliste et effectué avec une finesse et une précision de détails étonnantes. Il effleura les courbes, les pleins, les déliés, et sentit sous son doigt le relief laissé par le crayon. Quelques poussières de graphite s'en détachèrent.

— Il faudrait passer une couche de vernis dessus, mais je n'avais pas l'argent pour en acheter.

— Ne t'inquiète pas, je devrais trouver ça dans les affaires de peinture de mon père. C'est toi qui l'as fait ?

Debout sur une estrade, on le voyait de trois-quarts, vieilli de plusieurs années, avec une barbe bien soignée et parlant devant un amphithéâtre d'étudiants passionnés.

— Mais, je ne porte pas la barbe ?
— Un jour… tu la porteras ! C'est lorsque tu seras devenu le plus grand professeur d'histoire de France ! souffla-t-elle dans un sourire.
— C'est magnifique, tu as un talent incroyable.
— Le talent n'est rien, sans un inspirateur.
— Merci, c'est très gentil. Mais cela a dû te prendre un temps infini ?
— Ça m'a pris… du temps.
— Qui t'a appris à dessiner de cette façon ?
— Quelqu'un d'aussi patient que toi. Ma grand-mère !

Il ne sut quoi dire et opta pour la raison de ce manque de mots.

— Je suis vraiment très touché.
— J'espère qu'il te portera du bonheur dans ta longue vie de professeur.

Ce jour-là fut différent. Ils rirent beaucoup. Il n'était plus simplement son professeur et elle son élève, ils étaient devenus des amis. Des amis improbables, mais des amis.

Les jours et les semaines qui suivirent s'égrainèrent sans que ni lui ni elle, n'imaginent une fin.

Certes, il reprit ses cours à Tolbiac et dut modifier un peu le rythme régulier de leur rendez-vous de 18h. Désormais, ils se voyaient à des horaires différents, convenus en fonction de ses contraintes universitaires. Il y vit comme une officialisation de leur relation. Il n'était plus cantonné à une petite fenêtre de son après-midi, mais se promenait librement à toutes les heures de son agenda. À plusieurs reprises, il l'invita à déjeuner à la cafétéria du bas de la Tour. Dans les premiers temps, elle refusa. Puis, comme il insistait, elle finit par accepter. Elle ne prenait toujours qu'un seul plat et systématiquement le moins cher de la carte. Il aurait pu lui dire que ses parents lui donnaient suffisamment d'argent de poche pour qu'il puisse l'inviter dans de plus grands restaurants, mais se sentant presque honteux de cette révélation, il n'en fit rien. Qu'avait-il fait pour se trouver à l'abri de toute contrainte matérielle depuis le jour de sa naissance ? Rien. S'en pensait-il redevable ? Jusqu'à récemment, il ne s'en était même pas rendu compte. Sans le vouloir, Roxane lui avait ouvert les yeux sur une partie de la vie dont il n'avait jamais eu conscience et aujourd'hui les couleurs du monde lui semblaient différentes. Parfois, il essayait de la faire parler d'elle, mais elle répondait invariablement par des arabesques, des regards fuyants ou bien des questions retournées. Les rares choses qu'il avait réussi à savoir, c'est qu'elle avait 17 ans, qu'elle venait de loin et que bientôt, elle devrait partir. Il n'avait pas demandé de préciser l'échéance, car il était persuadé qu'elle ne le savait pas elle-même. Il en était conscient, l'équilibre de leur relation reposait sur le fait qu'il n'insistait jamais. Sans qu'il n'en parle à personne, Roxane était rapidement devenue le centre des préoccupations de sa vie.

Leurs séances étaient toujours aussi intenses. Elle progressait vite et semblait ne jamais se lasser. En quelques semaines, elle était désormais capable de lire à peu près tout et il en était très fier. Bien sûr, elle butait encore sur les longs mots, les consonnes muettes ou bien répétées, mais avec le temps, en s'y reprenant à plusieurs fois, elle finissait toujours par y arriver. Après Noël, ils avaient décidé ensemble de passer à l'écriture. Il lui fit d'abord de petites dictées, qu'elle écrivait le plus souvent en phonétique. C'était très compliqué, pour elle comme pour lui. En essayant de l'enseigner, il avait mieux perçu l'infinie richesse et complexité de cette langue latine où un unique son pouvait s'écrire de façon différente. Elle peinait, s'agaçait, s'énervait parfois jusqu'aux larmes, mais jamais ne renonçait. Et là aussi, elle progressa rapidement.

Dix-sept heures, un jeudi de février.

Simon s'était offert un bain de soleil inattendu devant les baies vitrées du septième étage en profitant des derniers rayons de la fin d'après-midi. Il adorait ce moment où la lumière naturelle décroissait au profit des éclairages publics, comme si deux mondes qui ne se connaissaient pas se succédaient. Ce jeudi était particulier, c'était l'anniversaire de leur rencontre. Simon se demandait si elle se souviendrait que deux mois plus tôt elle lui faisait tomber un livre sur les pieds. Elle était tellement surprenante, que c'était possible. Il avait envisagé quelque chose pour l'occasion, quelque chose de modeste pour ne pas l'indisposer, mais qui lui tenait à cœur. Il voulait l'emmener sur un bateau-mouche. C'était de là qu'il préférait voir Paris. Il voulait lui montrer les ponts, les monuments sublimés par les illuminations, et lui expliquer leur histoire. Il savait d'avance que ça la passionnerait. Comme tout ce qu'il lui enseignait d'ailleurs. Il n'avait jamais eu le sentiment d'un ennui ou d'une lassitude. Pour lui aussi une telle attente de mots, de culture et de vie était grisante.

La veille, elle l'avait informé qu'elle serait peut-être un peu en retard, aussi il ne s'inquiéta pas lorsqu'il ne la trouva pas. Il s'installa à leur place habituelle et se plongea dans ses révisions en l'attendant. Les minutes passèrent, rapidement, puis l'heure, il s'inquiéta, puis la seconde heure.

On approchait de la fermeture. De loin il aperçut le conservateur qui se dirigeait vers lui, le costume impeccable, mais la mine sombre et l'allure moins assurée qu'à l'ordinaire. Instantanément, avant même qu'il ne l'ait rejoint, Simon eut un mauvais pressentiment. L'homme jeta un regard circulaire avant de s'asseoir, visiblement embarrassé. Il toussota pour s'éclaircir la voix, puis d'un ton froid lui annonça la nouvelle qu'il redoutait. Roxane était passée en fin de matinée. Deux voitures l'attendaient au pied de l'entrée de la bibliothèque. Elle était directement allée le trouver lui, ce qui l'avait tout d'abord surpris. En peu de mots et malgré sa timidité, elle avait expliqué qu'elle quittait Paris. Qu'elle était désolée de ne pouvoir venir lui dire au revoir, mais que les évènements s'étaient précipités.

– Elle doit quitter Paris, mais pour aller où ?
– Elle n'a pas précisé les choses.

— On devait se voir ce soir. On ne part pas comme ça, du jour au lendemain !

— Pour les gens comme elle, si, cela arrive.

— Vous ne savez rien d'elle, éructa-t-il !

Le conservateur n'objecta pas. Le sol venait de se dérober sous les pieds de Simon. Il se prit la tête à deux mains. Les pires drames arrivent sans préavis, ils arrivent, c'est tout ! Après, on repense aux instants précédents, lorsque la vie n'avait pas encore basculé, comme pour s'y raccrocher, mais c'est trop tard. Le conservateur resta face à lui un moment en silence, puis, il finit par ajouter.

— Elle m'a demandé de faire autre chose.

— Elle vous a demandé quoi ?

— Déjà, de vous embrasser... Elle m'a dit que vous seriez surpris, mais elle l'a répété plusieurs fois. Pour être franc, je ne comptais pas répondre favorablement à cette requête. Mais vu la situation...

Il se leva, prit Simon dans ses bras pour lui faire une longue étreinte.

— Elle m'a également prié de vous remettre ceci.

Il lui tendit une enveloppe bleue qu'il sortit de la poche intérieure de sa veste.

— Elle l'avait écrite et cachetée à l'avance. Peut-être qu'elle vous donne plus d'explications...

Lorsqu'il s'éloigna, le conservateur reprit aussitôt toute l'allure et l'autorité que sa fonction réclamait. Simon se surprit à regretter qu'il ne soit pas resté un peu plus longtemps près de lui. Depuis le départ, il avait été le seul témoin de leurs rendez-vous quotidiens, le seul confident par la force des choses, et le seul capable de parler d'elle. Mais le dernier reflet de Roxane disparut à son tour derrière la porte des ascenseurs. Simon resta prostré avec sa peine et cette enveloppe qui lui brûlait les doigts.

Il se passa un long moment avant que le vieux vigile métis, gêné, ne lui signale la fermeture de la bibliothèque. Ce n'est qu'une fois sur les quais de Seine, assis sur un banc de bois vert devant lequel glissait le bateau rempli de touristes où il aurait tant aimé l'amener ce soir-là, qu'il décacheta l'enveloppe bleue.

La feuille était pliée en quatre et ne comportait que quelques lignes. Il reconnut immédiatement son écriture soignée. De nombreux mots étaient écrits en phonétique, néanmoins il comprit facilement. Comme si lui aussi s'était habitué à cette simplicité linguistique. Même si elle avait progressé chaque jour, il savait que ces quelques lignes maladroites avaient dû lui demander un rude travail.

Mon cher Simon,

Je dois quitter aujourd'hui pour une autre région, avec les personnes qui s'occupent de moi.

Je pensais pour plus tard, mais ça n'a pas été possible.

Je te remercie de m'avoir appris à lire, et à écrire aussi, un peu, même s'il n'y a encore que toi qui comprends quand j'écris… Je vais améliorer.

Tu m'as offert l'inestimable et grâce à toi la chrysalide se transformera peut-être un jour en papillon.

J'espère, je pourrai revenir à Paris. Je viens à la bibliothèque et je te retrouve, toujours à notre table.

Je t'ai peu parlé de moi. Mais la vie est un mystère que je ne voulais pas assombrir. La réalité est moins belle.

Tu resteras toujours dans mon cœur, mon Amour.

Shaïma.

Les années qui suivirent firent de Simon le grand professeur d'histoire qu'il rêvait d'être. Il travailla dur pour réussir ses études et exerça dans plusieurs universités en France et à l'étranger. Il fit publier de nombreux essais sur la Commune de Paris, le Second Empire, la misère ouvrière et s'engagea régulièrement pour l'aide des plus démunis. Il prodigua également des cours de lecture pour plusieurs associations de lutte contre l'illettrisme, sans jamais se lasser.

Les heures, les jours, les semaines passés près de Shaïma avaient profondément modifié le cours de sa vie. Lui aussi était devenu un papillon, moins superficiel, moins égoïste, plus coloré. À travers elle, les reflets du monde lui étaient apparus différents. Il lui avait appris à lire, en échange, elle lui avait donné la vue. Une autre vue, celle de ceux qui ont peu.

Le petit tableau qui le présentait devant un parterre d'étudiants ne s'éloigna jamais de lui. Il avait fini par devenir ce professeur que ses amis reconnaissaient aisément, sans se douter que ce portrait avait été réalisé bien des années auparavant. La barbe lui allait bien.

Les premiers temps, il continua de venir régulièrement à la bibliothèque, puis au fil des années ses passages s'étaient espacés. Aujourd'hui, on ne l'y voyait plus qu'une ou deux fois par an. Le plus souvent durant les fêtes de Noël, ou bien lorsque sa vie empruntait des chemins sinueux. Il avait toujours aimé ce lieu et il s'y sentait en harmonie. Et puis, il n'avait jamais cessé de penser à elle. Le conservateur et les vigiles avaient changé, sa vie aussi. Néanmoins, à chaque fois qu'il pénétrait dans le grand hall, les ascenseurs, ou le septième étage, la magie d'avant réapparaissait. Comme si le temps et les lieux avaient une mémoire.

Souvent, il crut l'apercevoir, dans un contre-jour, de loin, de dos, derrière quelqu'un, mais toujours il fut déçu. Jusqu'à ce jour-là.

C'était un après-midi de décembre. Il était presque 18 heures et le jour venait de s'éteindre. A l'extérieur, il n'y avait pas de neige mais le grand sapin scintillait.

Il la reconnut de loin. Sans l'ombre d'une hésitation malgré les années. Elle était assise à leur place habituelle. Une très belle femme, la trentaine assurée, élégante, avec un long manteau noir épais, un foulard fuchsia et des bottes en cuir verni.

Le papillon s'était posé.

Frank Leduc est installé depuis plusieurs années dans le Sud-ouest de la France où il exerce la profession de coach en management.

Passionné d'Histoire, de sport, de nature et de lecture, il a remporté en 2018 le Grand Prix Femme Actuelle pour son premier roman « *Le chaînon manquant* » - publié aux éditions Les Nouveaux Auteurs.

À paraître : « Cléa » - juin 2019 - Les Nouveaux Auteurs.

REMERCIEMENTS

Nous avons pris plaisir à mélanger nos vies pour donner naissance à ce recueil. Comme l'accomplissement d'une amitié, d'un métissage, d'une alchimie née entre nous il y a quelques mois grâce au Prix Femme Actuelle dont nous avons été lauréats en 2017 et 2018.

Nous espérons qu'il vous aura plu de lire ces courtes histoires et de nous imaginer tous les quatre, dissimulés derrière nos personnages, à guetter vos réactions. Il nous a enthousiasmé de les composer !

Nous adressons un immense MERCI à celles et ceux qui ont contribué à l'élaboration de ce recueil.

Le talentueux Erge, pour la photo de couverture et sa mise en page.

Le collectif d'artistes « Las Gatas Street Art», qui nous a permis d'utiliser une de leurs œuvres pour illustrer notre livre. La fresque a disparu, mais elle était visible rue du doyenné dans le 5e arrondissement de Lyon.

Celles qui, dans l'ombre, ont œuvré à nous réunir en tissant des liens au fil d'or. Elles se reconnaîtront.

Et surtout, merci à vous, très chers lecteurs, de tourner nos pages, de nous apprécier et de donner des ailes à notre passion.

Vive la lecture !

Les auteurs

TABLE DES MATIERES

Les passeurs de lumière _____ 9
Emilie RIGER

La bibliothèque _____ 79
Rosalie LOWIE

La page de trop _____ 111
Dominique VAN COTTHEM

La fille qui ne tournait pas les pages _____ 173
Frank LEDUC